魔豆

魔豆

春秋異聞
卷四
踩影子
醉琉璃
著

春秋異聞 卷四

目錄

楔子

現在是暑假，對高中生來說最是適合打工賺零用錢的好時機，但謝曉梅卻在這件事上深感挫折。

這已經是她第四次應徵被拒了。

天知道她鼓起了多大的勇氣踏出這一步……雖然在與面試官的應對上有些結巴，但那是因爲她不擅與人交際，可是想要認眞打工的熱誠是有的。

爲什麼就不能給她一個機會？就因爲她長得不夠漂亮，所以工作最後都落到了那些只會打扮的女生身上。

這個世界實在太不公平了！

謝曉梅看著鏡子裡映照出的臉龐，她的皮膚雖白，但膚況卻稱不上好，眼睛不夠大、鼻子不夠挺，就連嘴唇的顏色也不夠紅潤。

說好聽一點，她是長相清秀；說難聽一點，就是平凡無奇。更可悲的是，鼻子和臉頰上還有著雀斑。

雖然媽媽與姨媽總安慰她，女孩子重要的是內在而不是外表，但她實在無法忍受自己這副不起眼的模樣。

班上的女同學們不是染髮就是燙髮，化著漂亮的妝，把睫毛刷得又黑又長，再戴上美瞳片，好看得就像是從雜誌裡走出來的。

哪像她……

謝曉梅咬了咬嘴唇，惱怒地看著鏡中的自己。即使她有著一頭柔順的長髮又如何？即使她每天花心思編髮辮、紮成可愛的包包頭，走在路上也不會有誰多看她一眼。長得普通就已經讓她輸在起跑點上了。

爲什麼父母要把她生成這樣？謝曉梅忿忿地倒扣鏡面，沮喪與委屈如同兩把鈍刀子似地不斷磨鋸她的心。

眼看暑假都過了一半，她卻連一份像樣的打工都找不到，開學後一定會被同學笑的。昨天在臉書社團上，她還看到一位女同學炫耀在高級餐廳打工時遇到了某某明星。

「眞好……」謝曉梅頹然地將臉頰貼在書桌。爲什麼遇到這種好事的人不是自己？如果是，她一定一定會用最棒、最貼心的服務態度贏得對方的好感。

說不定還可以和明星交上朋友，在她或他空暇時，互傳個LINE聊聊彼此的狀況……

美好的想像讓謝曉梅嘴角忍不住翹了翹，但很快地，那抹弧度就因爲擺在眼前的現實而消失。

醒醒吧，謝曉梅。她苦澀地對自己說道，抬起臉轉了個方向，像是在看著貼在牆上的海報，但目光其實是渙散的。

就在這時，外頭突然傳來母親揚高的聲音。

「曉梅，妳姨媽有事找妳，過來客廳一下。」

「知道了。」謝曉梅沒什麼精神地回了一句，從書桌前站起來，拖著懶洋洋的步伐走出房間，下了樓梯，來到一樓客廳。

母親正背對她坐在電腦桌前，察覺到她的腳步聲後，立即轉過身對她招招手。

「媽，妳居然懂視訊？」謝曉梅看到電腦螢幕上的畫面時，難掩吃驚地瞪大眼。

「呵呵，妳媽可不是什麼老古董。」與謝曉梅有幾分相似的中年女子得意一笑，拉過她的手，將她按在椅子上坐下，「我要去洗碗了，妳跟妳姨媽好好聊聊。」

原本以為只是下樓接個電話，在毫無心理準備之下，突然要與長輩視訊，謝曉梅頓時侷促得不知如何是好，兩隻手好像擺哪裡都不對。

「別緊張，曉梅，姨媽不會咬人的。」視訊螢幕裡的鞏惠蘭溫和一笑。

即使知道對方已經年過四十，但每每看著那張保養得宜的秀美臉龐，謝曉梅還是忍不住感嘆起她的美麗。實在很難想像姨媽與母親是姊妹，兩人身上根本找不出相似之處。

如果自己長得像姨媽就好了……謝曉梅垂著眼，隱去一閃而逝的渴望。

「曉梅，聽妳媽說，妳還沒找到打工？」

「我、我……」謝曉梅猛地抬起頭，心裡介懷的事被直接放上檯面，讓她臉上熱辣辣的，只覺得難堪又委屈。

她咬著下唇，小心翼翼地看向鞏惠蘭，發現對方的眼神仍舊慈祥和藹之後，心裡緊繃的那根弦才稍稍鬆了開來。

也許，姨媽只是想關心我的近況而已……

謝曉梅絞著手指，小小聲地說了句「還沒有」，隨即便聽到視訊螢幕裡傳出鬆了口氣的聲音，這讓她不禁愣住了。

「妳還有空眞是太好了。」鞏惠蘭笑著說道，「是這樣的，我底下有幾個女傭因爲身體狀況不好，有的跟我提離職，有的則是請了長假要回家休養，現在屋子裡人手不太足。」

聽著鞏惠蘭絮絮叨叨的說明，謝曉梅屏著氣，幾乎可以預想到對方下一句話會是什麼。興奮的情緒就像泡泡般，啵啵啵地從心裡湧起。

但鞏惠蘭的聲音忽地頓了一下，她像是察覺到什麼，轉頭往後一看，接著又對螢幕前的謝曉梅拋下一句「曉梅，等我一下」，就匆匆站起身往房門方向走去。

透過視訊螢幕，謝曉梅雖然可以看見鞏惠蘭打開門正與誰說著話，但因爲角度問題，無法看清來者是誰。

兩人的交談聲也只隱隱約約捕捉到「小姐」、「少爺」、「高中同學」等幾個字眼。

謝曉梅甚至忍不住壓低身子、歪過頭，試圖從小小的視訊螢幕裡窺見更多畫面。

一會兒過後，鞏惠蘭又走回來，身後還跟著一個人，顯然就是剛才站在門口的那一位。

隨著兩人離鏡頭越來越近，謝曉梅忙不迭坐正身子，挺直了背，手指還無意識地攏了攏一頭柔順的黑髮。

但鞏惠蘭並沒有坐下來，反倒將椅子讓給另一人，自己則一手撐在桌緣，微微彎身，好讓謝曉梅可以看見兩人。

「小姐，這是我的外甥女曉梅，我想找她過來先頂一下雅芳的工作。」

明明鞏惠蘭在說著話，但謝曉梅一個字都沒聽進去，只怔怔地看著視訊螢幕裡的少女。

長長的鬈髮、白裡透紅的肌膚，大又明媚的眼睛，以及豐潤水嫩的嘴唇。她夢寐以求的一切，對方全部擁有，甚至比她想像的更精緻、更嬌艷，簡直就像一尊漂亮的洋娃娃。

驚艷於對方美貌的同時，強烈的自卑感緊隨而來，謝曉梅暗暗擰了自己大腿一把，才不至於讓露骨的渴望與嫉妒從眼裡流露出來。

「曉梅，跟心恬小姐打聲招呼吧。」

明明鞏惠蘭的聲音如此溫柔，但謝曉梅卻不由自主地生出一股牴觸心理。她與視訊螢幕裡的少女明明差不多年紀，姨媽應該要說跟某某打招呼，而不是加上小姐兩字。

謝曉梅睫毛飛快搧了幾下，臉上擠出一抹笑容，生硬地向鞏惠蘭口中的心恬小姐打招呼。

那名有著長鬈髮的美麗少女僅是漫不經心地嗯了一聲，又轉頭看向一旁的鞏惠蘭。

「我沒什麼意見。惠蘭姨，這種小事妳決定就好。」

就連聲音都是如此好聽。謝曉梅一邊羨慕著少女的完美，一邊暗自羞惱對方對自己輕慢的態度，就好像、好像……她是多麼微不足道、入不了眼似的。

但謝曉梅不敢將不滿表現出來，她無意識地繞著自己的手指頭，試圖維持住唇角的上揚弧度。

殊不知在多種複雜情緒交織下，她的神色並沒有想像中自然。

「晚安，惠蘭姨，我先回房了。」長鬈髮少女就像對這件事失去興趣，逕自站起，對於視訊螢幕的另一端，連個眼神都欠奉。

謝曉梅看著對方頭也不回的離去背影，被忽視的感覺就像一塊石頭重重壓在心上，她委屈地咬著下唇，一股苦澀從嘴裡擴散而出。

「……曉梅、曉梅。」

直到鞏惠蘭喊了幾次後，謝曉梅才猛地從悵然的情緒中回過神來，慌慌張張地對上視訊螢幕裡的關切視線。

「不、不好意思，姨媽，我不小心……」她囁嚅地說著半真半假的理由，「看心恬看呆了。」

當「心恬」兩字從舌尖上滑出時，謝曉梅的臉頰忍不住發燙。她小心地覷著鞏惠蘭的表情，發現對方仍舊慈愛地看著自己後，才悄悄鬆了一口氣。

「妳在大宅裡遇到小姐的時間可更多了，如果這樣就看呆了，到時不會一直傻乎乎地盯著她瞧吧？」鞏惠蘭打趣道。

雖然知道姨媽是在開玩笑，但謝曉梅的臉還是不由自主地更燙了，不自在地在椅子上動了一下。

「曉梅，開學前的這段時間，妳願意過來姨媽這邊幫忙嗎？」鞏惠蘭回歸正題，「薪水保證比外面的打工還要優沃。」

「但、但是，心恬好像不太喜歡我。」謝曉梅在說到長鬈髮少女的名字時，聲音不自覺變小，像是怕會被其他人聽了去——就算客廳只有她一人，她還是忍不住抱持這種念頭。

「怎麼會呢？心恬小姐對我們都是很好的，而且妳們倆年齡相近，說不定可以變成好朋友。」鞏惠蘭安撫地說。

「眞、眞的嗎？」謝曉梅眼睛頓時亮了起來，但很快地，又垂下頭，有些不確定地開口，「可是我怕自己笨手笨腳的……」

「曉梅，妳的壞毛病又犯了。」鞏惠蘭傷腦筋地看著她，「還沒有開始妳就先退縮，這樣怎能做好一件事呢？姨媽想找妳過來，一是要請妳幫忙，二就是爲了改掉妳這個壞毛病。」

「我、我知道姨媽是爲我好……」抬頭看到鞏惠蘭一臉無奈的神情，謝曉梅的聲音不禁透出沮喪，「但是我既不聰明又不漂亮，很怕會讓妳丟臉。」

「傻孩子，工作熟悉之後自然就會上手。妳不須要太杞人憂天，而且有姨媽在啊。」

謝曉梅抬起頭，見鞏惠蘭正溫柔地望著自己，頓時覺得信心一點一點地滋生。

或許姨媽說的對，這次的打工除了有可能改掉自己沒自信的壞毛病，更有可能是她人生的轉捩點。

而且，心恬既然和自己年齡相仿，那麼、那麼……她們說不定眞的可以變成好朋友。在自己難過的時候可以安慰自己，心情煩躁的時候願意聽自己訴苦。

謝曉梅越想越期待，原本消極負面的情緒頓時化爲亢奮。

她等不及開學之後，跟那些空有外表的女孩子們炫耀自己的打工經歷了。

第一章

「這邊之所以叫作『紫晶村』這個名字，是因爲在周邊山脈曾發現紫水晶礦洞，由於開採出來的水晶品質很好而繁榮一時。但或許是因爲開採過度，在三十多年前，水晶產量便逐漸枯竭。」

「之後，村長決定將已停採的礦洞開放一部分讓遊客參觀，又與村裡的一個大家族合作興建博物館，專門介紹礦業發展史，再邀請不少藝術家進駐村裡。因爲觀光產業的帶動，這個村子又再次熱鬧起來。」

電車搖搖晃晃駛動的聲音並沒有完全遮掩住夏春秋的低語，他正一邊看著手機，一邊唸著網路上查到的資料給妹妹聽。

黑長髮、白皮膚的小女孩靠在他的肩膀上，聽得很認眞，每當夏春秋指著村裡的景點詢問她有沒有興趣的時候，她會小幅度地搖頭或點頭。

當他們將紫晶村研究得差不多時，車內的廣播剛好響起。

「紫晶站，紫晶站到了，請乘客準備下車。」

電車速度逐漸變慢，最後終於穩穩停了下來，車門唰地向兩側滑開，車廂內塞得滿滿的乘客頓時如獲大赦般蜂擁而出。

他們或是拉著行李箱埋頭往前走，或是結伴成群、有說有笑，當然也有不少人看到古樸的站內裝潢後，興高采烈地舉起手機自拍。

直到車廂內的人群散得差不多了，夏春秋才牽著妹妹的手與一票朋友下車。

走在最前頭的是個子高挑、相貌也極爲搶眼的左容、左易，一人中性淡漠、一人桀驁不馴，打從踏出電車後，來自各方的驚艷目光不曾少過，甚至還有幾個同車廂的女孩就待在不遠處，正興奮地對著兩人指指點點。

落後他們一步的則是綁著長辮子、戴眼鏡的林綾，唇畔含著淺淺的笑，給人一種如沐春風的和煦感。

外表秀氣，還有著一雙彎彎狐狸眼的花忍冬，看起來就像是隨時在微笑的樣子，只見他一手拎著旅行袋，一手抓著歐陽明。

在花忍冬手裡，身形圓滾滾、噸位也十足的歐陽明就像小雞仔一樣，被他輕而易舉地拽著走。

「人家見過暈船暈機暈車，就是沒見過暈火車的。」花忍冬對於同學的體質嘖嘖稱奇，「歐陽，這種程度的搖晃你就不行了？」

「花花，你們坐在另一邊，根本就不知道我的痛苦……」歐陽明可憐兮兮地說，「香水味實在太濃了，還一口氣混了好幾款，熏得我、噁……」

歐陽明似是回想起先前的慘痛記憶，忙不迭摀住嘴巴，壓下蠢蠢欲動的嘔吐感。

「歐、歐陽，你還好嗎？」走在他身後的夏春秋一邊牽緊夏蘿的手，一邊緊張地問，就怕對方身體出了狀況。

「夏蘿有準備嘔吐袋，歐陽哥哥需要嗎？」將企鵝背包轉到身前，夏蘿面無表情地從包裡掏出塑膠袋。

所幸歐陽明只是乾嘔幾聲，他拍拍胸口，緩了緩呼吸，那股難受勁總算褪下不少。

「沒事、沒事。」他回過頭，朝夏春秋與夏蘿安撫一笑。

「確定沒事？」花忍冬瞟了他一眼，「吐了的話，人家只會把你往旁邊一丟，絕對不會扛你走的喔。」

「如果花花你可以買來狐狸燒給我吃的話，我的身體一定可以恢復到巔峰狀態。」歐陽明腆著臉說道。

「是飯桶狀態吧。」花忍冬挑高眉毛，質疑的視線上上下下地掃過歐陽明，「你確定你真的是暈火車，而不是餓到快要吐？」

「狐狸燒是什麼？」夏蘿歪著頭，困惑地問道。

「是做成狐狸形狀的雞蛋糕喔，聽說吃起來外皮酥脆，裡頭鬆軟，還帶著一點濕潤的口感，是紫晶村的特色點心。」林綾微笑說道。

「好像……很好吃。」夏蘿的小臉蛋上不見明顯的情緒起伏，一雙黑亮亮的大眼睛卻泛起了光芒，「但是，爲什麼不叫紫晶燒，要叫狐狸燒？哥哥說，這裡以前有很多紫水晶。」

「這是因爲哪，紫晶村以前除了盛產水晶之外，山裡還有不少狐狸出沒，聽說以前的狐狸不怕人，還會跑到村子裡來。」林綾柔聲解釋，「小蘿想吃的話，火車站後站外頭就有一家小攤子，我們可以趁小葉還沒到，先過去那邊買。」

夏蘿沒有立即應允，而是抬頭看向兄長，獲得首肯的眼神後，她對著林綾綻出小朵的笑花。

「夏蘿和林綾姊姊一起去。」

「還有人家。」花忍冬深怕自己被遺忘似的，連忙舉高手，表示一下存在感。

「林綾，請幫我買兩份。」歐陽明雙手合十地拜託，方才那番關於狐狸燒的介紹，聽得他口水都要流出來了，「不，還是三份好了！」

幾人討論狐狸燒討論得正熱烈，渾然沒有注意到他們與左家雙子已拉開一大段距離，還是左容、左易遲遲沒聽到從後方傳來的聲音，才停下步伐回頭一看。

這一看，左易的臉色瞬間沉了下來。

「你們幾個拖拖拉拉的搞什麼鬼？」

充滿暴躁感的質問頓時讓幾人回過神來，花忍冬反應最快，立刻以同樣大的音量回覆。

「是因爲歐陽覺得不舒服，咱們才會停下來的。」他邊說還邊抬起手，如同要增加話語的可信度，就要往歐陽明背部拍去。

這個看似友善關懷的舉動，反倒換來歐陽明大驚失色的表情。

「住手啊，花花！」他眼明手快地閃身避過，「你如果真的拍了我的背，就算不想吐也會被你拍到吐的。」

「討厭，你太誇張了啦，歐陽。」花忍冬掩嘴呵呵一笑，眉眼彎彎，一副人畜無害的模樣，「人家明明就是手無縛雞之力嘛。」

林綾雖然笑而不語，但眼神卻是意味深長。

夏春秋欲言又止地看了花忍冬一眼，猶豫著是否要提醒對方可是曾徒手拆掉宿舍的門板，就連超大型的遮陽傘都能不費吹灰之力地單手舉起。

最後他牽起夏蘿的手，決定還是盡快跟上左容、左易。

幾個大孩子出了月台後，暫時分成兩組小隊。夏蘿、林綾與花忍冬因爲要買狐狸燒，往後站方向走；夏春秋、左容、左易及歐陽明則是先出了前站，等待葉心恬的到來。

打從葉心恬知道夏春秋一行人去了黑岩村的海邊民宿之後，對於自己無法跟他們一同出遊而怨念頗深，在她的強制要求下，紫晶村之行拍板定案。

「反正本小姐的家那麼大，房間多得是，住宿和三餐完全不用擔心。小夏，你一定得將小蘿帶來……啊，左易不用來沒關係。」

衝著這一句，原本興致缺缺的紅髮少年才會改變心意，出現在這個小團體裡。

雖然林綾在搭火車前已經在LINE群組裡通知了葉心恬，不過夏春秋覺得那名容姿明媚的長鬈髮少女在看到左易時，說不定會氣得杏眼圓睜、柳眉倒豎。

夏春秋一邊暗自苦惱，一邊又往前走了幾步，離開車站屋簷的陰影範圍後，熱辣辣的陽光頓時兜頭落下，不只臉頰被曬得發燙，就連背部都有炙烤的感覺。

「小夏，外面太陽那麼大，不要站出去啦，過來我這邊坐。」歐陽明拍拍身旁的空位，大聲喊道。

「但是，小葉不是說她快到了？」夏春秋用手搧了搧風，同時回過頭去，「我站外面一點，比較容易看到她。」

「放心、放心，你只要發現站前廣場哪邊起了騷動，就表示小葉來了。」歐陽明瞇著一雙小眼睛，憨厚一笑。

「騷動？」夏春秋不解地問，因爲他的位置剛好面光，搧了幾下風之後，便將手舉至額前，遮住刺眼的光線。

才稍微恍神瞬間，就見左容已出現在眼前。

「小葉家的車子。」她淡淡說道，同時一把捉住夏春秋的手，拉著他往回走，「你容易中暑，還是不要在太陽底下站太久比較好。」

夏春秋一時不知是該納悶左容的回答是什麼意思，還是該在意自己被握著的手腕。雖然左容微涼的體溫正透過皮膚滲過來，卻沒有起到一點降溫作用，反倒讓夏春秋的臉更紅了，耳朵尖像是燃著小火苗似的。

直到他被左容壓著坐下，而對方也在他右邊坐下時，他都還沒有反應過來那一句「小葉家的車子」爲什麼會與「騷動」兩字扯上關係。

「當然是因爲那輛很閃很亮的車子啊。」歐陽明伸手比劃了幾下，邊說還邊往夏春秋那邊擠了擠，利用自己圓滾滾的身形，硬是將夏春秋往左容那邊擠過去，「抱歉喔，小夏，我體積比較大，佔空間，要委屈你跟左容擠擠了。」

一下子與左容挨得太近，手臂碰手臂、大腿貼大腿的，夏春秋覺得整個人都快燒起來。他忙不迭羞赧地將兩隻手擱在大腿上，方才歐陽明的那一擠，他覺得自己好像碰到了左容身上某個柔軟的……嗚啊、打住！不可以再往下想了！

在夏春秋看不見的角度，歐陽明暗暗對左容眨了下眼。神色淡然的高馬尾少女則是回了一記「做得好」的眼神。

「蠢蛋。」左易掀了掀眼皮，嗤笑一聲，不知道是在嘲弄夏春秋還是左容。

而在第三、第四波女孩們試圖向他搭訕時，他終於毫不客氣地擺出一張臭臉，甩出去的視線輕蔑又帶著不耐煩。

至於夏春秋，因爲太過在意與左容之間的零距離接觸，根本無法放鬆坐著，他試著將注意力集中在歐陽明絮絮叨叨著的紫晶村土產與旅遊景點上，但心思總是不由自主地往左容那邊飄去。

就在這時，前方忽然響起了此起彼落的驚呼聲，雖然音量不是特別大，但當發出聲音的人一多，頓時就成了一股不小的騷動。

「天啊，那車子的顏色也太醜了吧！」

「哪裡來的暴發戶，想炫耀也不是這種炫耀法。」

「噫——打死我都不想坐這種車，實在是俗到不行！不會覺得很丟臉嗎？」

「一定是小葉來了。」歐陽明一骨碌地站起，伸長脖子往聲源處張望一下，隨即露出肯定的笑容，短胖的手指往外一比，「小夏，你看。」

夏春秋順著方向看去，只見車道上停著一輛加長型豪華轎車。

「啊。」他低呼一聲，終於後知後覺地恍然大悟了。

轎車的顏色就像歐陽明所形容的一樣，很閃很亮，在陽光照射下，金燦得簡直要刺瞎人的眼。

這瞬間，站前遊客的注意力幾乎都被那輛金色車子所擄獲了，他們的視線齊齊落在車門上，猜測著車裡的人究竟是何模樣。

駕駛座的門被打開了，穿黑西裝、戴白手套、頭髮梳得一絲不苟的中年司機拉開後座的車門，同時恭謹地彎下身。

即使被眾多目光關注，從車子裡緩緩走出來的少女卻像是習以爲常，她輕撥了下長長的鬈髮，明媚嬌艷的臉蛋帶著一絲傲氣，很快就鎖定了她的目標。

注意到她的視線竟是落在夏春秋身上，甚至還帶上一絲熱切之後，左容一向冷靜的神色有了波瀾，在她下意識挪動腳步想側擋住夏春秋時，冷眼旁觀的左易忽地懶懶拋出一句話。

「白痴，看清楚一點。」

左容步伐一頓，看著葉心恬原本筆直走向夏春秋的方向出現了變化，那名宛如發光體般的長鬈髮少女繞過少年，快步走向林綾，拉著她的手絮叨幾句話，接著又轉而在夏蘿前方蹲下來。

「小蘿，有沒有想我啊？」葉心恬雙臂一伸，將夏蘿緊緊抱住，感受著屬於小孩子的溫暖體溫，以及甜甜的奶香味。

抱著好幾個小紙袋的花忍冬自然而然被晾在一旁，他也不在意，笑盈盈地將香噴噴的狐狸燒分發出去，就連左容、左易都被塞了一袋。

「想。」雖然夏蘿的小臉被迫埋在葉心恬的胸口，但她還是努力地擠出聲音，「夏蘿想小葉姊姊。」

「小葉，妳抱太緊了，小蘿會無法呼吸的。」林綾笑著看了一眼緊張得像是想要衝上來的夏春秋，出聲提醒。

「因爲小蘿實在太可愛了嘛！」葉心恬終於鬆開夏蘿，改而捧著她的小臉蛋，仔仔細細端詳一遍，「我聽林綾說，妳在黑岩村遇到可怕的事，妳人沒事眞的太好了。」

「嗯，沒事。」夏蘿細聲細氣地回應，臉上仍舊無波無瀾，但眼裡卻微不可察地閃過一抹心有餘悸。

被裝進行李箱帶離民宿，甚至還遭人拿刀追殺，那可怕的記憶連成年人都難以忍受，更何況是夏蘿？即使她給人的感覺一向超乎年齡地穩重老成，但終究只是個十歲的小女孩。

這抹情緒被眼尖的左易捕捉到，他當下不再維持雙手抱胸、等在一旁的姿勢，而是不耐煩地挑高眉，走向葉心恬。

「死三八，走不走？是要在這裡被當成珍禽異獸觀賞嗎？」

「你！」葉心恬看到他就來氣，她迅速從地上起身，下意識想回嗆幾句之前，卻注意到周邊正如左易所說的，已經聚集了不少人，正對著他們幾人品頭論足。

「是不是拍電影啊？」

「天啊，那個紅頭髮的男生也長得太好看了吧？」

「綁馬尾的那個也不錯。」

葉心恬雖然已經習慣了他人的視線洗禮，但可捨不得夏蘿被陌生人毫無顧忌地打量。她一手牽起夏蘿，一手牽起林綾，招呼了夏春秋等人一聲。

「走，先回本小姐的家。」

打從在綠野村第一次遇見葉心恬，夏春秋就已從她所搭的車子、隨身保鑣，還有她帶來的繁多行李，知道她家境極爲富裕。

但知道是一回事，親眼見到葉心恬所住的房子又是一回事。

夏春秋幾乎是以一種又驚又敬的眼神看著前方拔地而起的巨大建築物，白色圍牆像是看不到盡頭般向兩旁延伸，將這棟大房子圈圍在內。

鐵灰色的雕花大門隨著車子的接近而慢慢敞開，眼前就是一條通向主屋的筆直大道。透過車窗，可以看見兩旁交錯生長著修剪整齊的樹木，與許多說不出名字的美麗花卉。

「小葉姊姊是住在城堡裡嗎？」夏蘿仰起頭，一雙圓黑的眸子睜得大大的，試圖看清楚建築物的全貌。對於才十歲的她來說，這棟超乎想像的建築物與花園，已足以被歸類爲城堡了。

「眞是豪華的住宅啊。」花忍冬饒有興味地打量四周，注意到一些樹木枝條上掛著玻璃燈罩，想必入夜後又是一番美景，「人家總算可以深刻感受到小葉是個有錢人的事實了。」

「難怪小葉一直跟我抱怨寢室太小。」林綾輕輕推了推眼鏡，那雙知性的美眸依舊泛著盈盈笑意，並沒有因爲看到這幢豪宅而有一絲動搖。

「就眞的很小嘛。」葉心恬噘著嘴，「我家玄關都比它大了。」

夏春秋有點難以想像，如果一個玄關都比宿舍寢室還要大，那麼葉心恬的臥房究竟是多麼寬敞？

「其實我第一天入宿的時候，也覺得宿舍和學校有點兒小。」歐陽明一邊加入話題，一邊繼續往嘴裡塞著狐狸燒。

「你有什麼資格覺得宿舍跟學校小啊？」花忍冬用手戳著歐陽明的肚子，充滿彈性的軟肉被戳得震出了一小股波浪，「你家的房間也沒有多……」

「多大」的「大」字停頓在嘴裡，花忍冬疑惑地嗯了一聲，接著再用更疑惑的眼神看著歐陽明。

「宿舍和學校有點兒小？」他像是確認般地問了一次。

「是啊，跟我們家的地比起來是小了點兒。」歐陽明笑呵呵地說。

這時眾人才後知後覺地想起來，紅葉村所有土地都歸歐陽明家族所有，這也解釋了為什麼他會覺得學校和宿舍不大，綠野村可是比紅葉村還要小呢。

「人家都忘了，歐陽你其實是個土豪。」花忍冬打量了下臉蛋圓潤、肚子也圓潤的歐陽明，接著把視線轉移到左容、左易身上，「別跟人家說，你們倆其實是某某家族的大小姐、大少爺，或是哪個國家的王子、公主？」

「神經病。」這是左易的回答，還附贈了一枚白眼。

「我們家很一般。」這是左容的回答，而她的視線則是落在夏春秋身上，「父親在大學教書，母親自己經營事務所。家裡人口簡單，也沒有複雜的親戚，個性最糟的也就左易一個人了。」

她說著說著，不忘人身攻擊一下自己的胞弟。

「彼此彼此。」左易用鼻子冷哼一聲，「妳也好不到哪裡去。」

「我怎麼覺得左容是在變相地推銷自己？」葉心恬小小聲地與她的八卦之友咬耳朵。

「人家倒是覺得左易那番話暗藏玄機啊。」花忍冬以氣聲回話，「不過左容丟出去的球，看樣子小夏是漏接了。」

葉心恬聞言，看向正笑得靦腆，但顯然沒有意識到左容在暗示自己家庭狀況不用擔心的夏春秋。

說說笑笑之間，轎車已穩穩停妥在一扇紅銅色大門前。歐陽明立即迫不及待地跳下車，正準備繞到後車箱拿行李，卻發現司機已先一步將眾人的行囊都提到門前台階上。

「準備好參觀我家了嗎？」葉心恬得意一笑，明媚的臉龐看起來神采飛揚，她轉開門把，將人迎了進去。

夏春秋張口結舌地環視著比宿舍寢室還要大的玄關，灰白色大理石地板光滑可鑑，亮得像是可以當作鏡子似的。葉心恬還爲他們展示了專門放置客人衣帽的衣物間。

再往前走，則是又一扇緊閉的木製門扉。

「小葉，妳家的門也太多了吧。」歐陽明含糊不清地說，腮幫子鼓起了一邊，正努力咀嚼著狐狸燒，「就像俄羅斯套娃一樣，由大到小，一個又一個，該不會最後我們都要彎腰進門？」

「你當我家是通往小人國的嗎？」葉心恬沒好氣地瞪了他一眼，就算是嗔怒的模樣，也別有一番風情。

只是在場的人不是不解風情就是心有所屬，只有夏蘿很認眞地抬起小腦袋，問：「裡面有跟夏蘿一樣高的門嗎？」

「等妳下次來，就會出現跟妳一樣高的門了。」葉心恬對她保證，「我還會讓爹地去訂製適合妳身高的桌椅、家具，重新裝潢一個妳專屬的房間，就像莉卡娃娃屋一樣可愛！」

葉心恬越說越興奮，腦海中已經忍不住勾勒出新房間的藍圖。

夏春秋則是越聽越緊張，忙不迭出聲拒絕，「不、不須要這樣的，小葉，訂製家具跟重新裝潢，這太浪費錢了，而且眞的沒、沒有必要。」

夏蘿也沒想到自己無心的一個問題會引得葉心恬發下豪語，連忙學兄長一樣揮了揮小手，表示不用。

葉心恬柳眉一挑，沒有再繼續這個話題，而是示意其他人跟上她的步伐。

夏春秋鬆了口氣，牽著妹妹的小手緊隨其後。

林綾輕輕抿嘴微笑，也就只有她看穿了葉心恬的心思。看樣子，下一回再來拜訪，就會見到小蘿專屬的房間了。

葉心恬剛在門前站定時，那扇木門就像感應到她的存在一般，緩緩地往裡頭敞開，充滿沉穩氛圍的氣派客廳瞬間映入眾人眼裡。

覆上一層紅木材質的牆壁，讓室內不像外頭的建築看起來冷冰冰的；幾扇鑲嵌在牆壁上的木製百葉窗，目前都是窗扉半掩，而圍在四周的窗框則是漆成了金色，透出一股低調奢華感。

懸掛在天花板上的黑鐵製吊燈晃漾出讓人目眩神迷的光芒，鋪在地板的暗紅絨毯看起來如此柔軟，更不用說那一座通往二樓的歐式皇家風格樓梯，精緻的手工雕花與描金工藝，讓這座樓梯看起來就像是童話故事裡才會出現的場景。

「歡迎回來，小姐。」

一道溫和的聲音從客廳另一邊響起，一名綰起頭髮、穿著長裙女僕裝的中年女人推著一台半人高的推車走過來，上頭放滿各式各樣精巧的甜點。

「天啊，花花，這不就是傳說中的甜點推車嗎？」歐陽明抓著花忍冬的衣角興奮地扯了扯，一雙瞇瞇眼從來沒有睜得那麼大過。

「惠蘭姨，我來給妳介紹一下。」葉心恬在中年女人將推車固定在桌邊之後，對著她招招手，「這是我之前跟妳提過的高中同學，從左邊開始是歐陽明、花忍冬，綁辮子的是林綾，也是我的室友。再來是左容、左易，最右邊的則是夏春秋和他的妹妹夏蘿。」

「各位少爺、小姐們好。」鞏惠蘭恭敬地欠身一禮，「我是這棟屋子的管家鞏惠蘭，非常謝謝你們能撥空前來。」

面對鞏惠蘭鄭重其事的態度，林綾微笑地輕輕頷首，左容、左易神色不變，歐陽明憨厚地咧了咧嘴，花忍冬與夏春秋則是有些無所適從，一時無法習慣少爺的稱呼。

「惠蘭姨，先跟妳說一下，左容是女生喔。」葉心恬指向神色淡漠的左容，爲了避免那張中性的臉孔造成誤會，事先挑明對方的性別。

鞏惠蘭有些吃驚地看了左容一眼，但很快便抹去那抹失態，恢復成恭謹溫和的表情。

「我會吩咐底下的人，讓她們不要給左容小姐添麻煩的。」

葉心恬滿意地點點頭。

「需要我先將小姐同學們的行李拿到樓上嗎？」鞏惠蘭輕聲詢問。

「不用、不用，惠蘭姨妳去忙吧，他們就交給我。」葉心恬擺擺手，待鞏惠蘭退下去之後，她看也不看那些甜點，逕自就要往樓梯方向走。

「我先帶你們去看房間，二、三樓的客房任你們挑，看喜歡哪一間就住哪間。」

「可是……」歐陽明的兩隻腳像生了根似的，眼神戀戀不捨地徘徊在推車上。

「點心又不會跑掉，走啦走啦。」葉心恬一邊說，一邊向花忍冬打了個眼色。

花忍冬立即笑咪咪地拽住歐陽明的手腕，輕輕一扯，就將小胖子扯離了原地。

第二章

謝曉梅比屋子裡的女傭都還早知道葉心恬的同學將在今天登門拜訪，並且小住一段時間。

她直覺地認為，既然可以與葉心恬當上朋友，想必不是出身名門，就是家境富裕，或是如葉心恬那樣相貌出色，否則要怎麼解釋對方根本不想搭理她的這件殘酷事實？

因為她只是一個外表不起眼，連家世也不起眼的普通人而已。

在葉家大宅打工的這一個多禮拜，謝曉梅不是沒有向葉心恬暗示她們倆可以成為朋友，她很樂意待在葉心恬那間豪華的臥房裡，當個稱職的傾聽者或談心者。

但是那名長鬈髮女孩看向她的眼神總是冷冷淡淡，或是直接當她不存在一樣。

什麼對待下人友善、什麼年齡相近可以當好朋友……都是假的！

進來大宅之前抱持的想像有多美好，現在看來就有多可笑。謝曉梅咬著唇，決定自己才不要與那種膚淺的人當朋友。

也因此，在鞏惠蘭詢問稍晚一些要不要與她一同去接待客人的時候，謝曉梅一口回絕了，只說自己不想丟下每日的打掃工作。

她卻沒有想到，當她擦完玻璃、提著水桶準備走下樓梯時，會聽到熱鬧的說笑聲正從一樓往上移動。

她悄悄從樓梯口探出去，視線飛快地略過走在最前方的葉心恬，充滿審視意味地落在後方幾人身上。

黑長髮的小女孩、外表僅僅稱得上清秀的少年，還有一個胖子。

什麼嘛，看起來簡直普通得不能再……

謝曉梅大腦忽然一片空白，完全無法控制自己的眼睛黏在正走上樓梯的紅髮少年身上。

就算對方雙手插在口袋裡，看起來一臉無聊、不耐煩的模樣，也仍舊是謝曉梅見過最最最好看的男孩子了。帶著一點凶狠感的眼神，更是大大增加帥氣度。

如果對方可以抬起頭看她一眼，如果對方看到她之後關注她爲什麼出現在這裡……謝曉梅心臟怦怦亂跳，臉頰赧紅，腦子裡忍不住胡思亂想起來。

卻沒想到墊後的長辮子少女驀地往樓梯上方看了一眼，謝曉梅想要縮進去已來不及，視線恰恰與對方撞了個正著。

長辮子少女恬淡地彎了下唇。

謝曉梅僵住臉，她甚至連招呼客人的微笑都擠不出來，只覺得自己被不客氣地嘲笑了。

明明她倆看起來年紀差不多，一個是客人，一個卻是女傭，這世界未免太不公平了。

謝曉梅提起水桶急急轉身往上走了幾個階梯，不想再看到長辮子少女輕視的眼神。深呼吸幾口氣之後，聽著二樓的聲音小了一點兒，也許是進到哪間房裡，她才匆匆走下樓回到大廚房。

此時，大小姐的同學之中有一名紅髮的俊美少年，以及一名帥氣度不輸少年的少女的消息已在女傭之間傳開了。

但畢竟她們只是從鞏惠蘭那邊獲得部分資訊，還沒有親眼見過本人，只能暗暗猜測究竟是長得多好看，抑或是鞏惠蘭誇大其辭了？

謝曉梅撫了撫裙子上的縐褶，試著若無其事地加入眾人的對話。

「我剛下樓的時候，有看到大小姐的同學。」

這句話一出，廚房裡瞬間安靜下來，隨即女孩們的目光齊刷刷地落在謝曉梅身上，並迅速將她包圍起來。

「曉梅，妳眞好，可以近距離看到小姐的同學。」一頭短髮的女孩十指交握在胸前，眼底綻放出閃亮的光芒，「男生帥不帥？長得多高？」

「是不是眞的有一個綁馬尾的女孩子長得很像男生？」又有一名長髮及肩的少女眨巴著大眼，滿臉不敢置信。

想起那名紅髮的高個子少年，謝曉梅的臉又忍不住紅了，她的反應落在女傭們眼裡，立即引來更加熱切的追問聲。

謝曉梅沒有說出她其實是躲在樓梯口偷看的，反正就讓人誤會她與小姐的同學們打過照面也沒什麼不好。

她將印象深刻的幾個人挑揀出來說給女傭們聽，看她們時不時發出充滿艷羨的聲音，她的眼底掩不住得意，唇角微微彎起。

這種被重視的感覺眞好，心頭的不愉快都消散了。

謝曉梅打工的這段日子裡，與她一塊工作的女傭或男性僕人大都性格直率好相處，讓她在面對這些人的時候也稍微可以輕鬆開點小玩笑，或是聚在一起聊聊天，而她們最常聊天的地方就是這間寬敞的廚房了。

通常廚師會睜一隻眼閉一隻眼，讓那些年輕女孩子待在長桌旁，嘰嘰喳喳地聊著小八卦，或是稍稍偷一下懶。不過這個時候爲了替大小姐的同學們準備餐點，一臉憨厚的胖廚師也不得不走來對她們舉起手拍了拍。

「好啦，小姐們，客人的八卦晚點再聊，現在趕快回去自己的工作崗位上。五秒內不離開的話，我就當作妳們是要自願留下來幫忙洗菜切菜囉。」

「大廚眞討厭！」正聽得興起的女傭們嗔了他一聲，但還是速速離開了廚房。

謝曉梅本想要回去大宅後方的傭人宿舍，但走到一半，忽地發現手腕上的鍊子不見了。

「討厭。」她低呼一聲，引得與她並肩而行的短髮女孩投來納悶的視線。

「怎麼了？」

「我、我的手鍊不見了，一定是剛剛打掃時掉在哪個地方了。我得回去找找，如果不小心被人撿走的話……」

「不會的啦。」短髮女孩不以爲意地笑了笑，「那麼不起眼的手鍊，說不定根本沒人注意到，還在原處呢。」

「說、說的也是。」謝曉梅握緊了上頭空無一物的右手腕，努力不讓表情垮下去。

「我先去忙囉，希望妳順利找到手鍊。」短髮女孩朝謝曉梅揮揮手，邁著輕快的腳步離去。

寬敞的走廊上只剩下謝曉梅孤伶伶地站著，她深呼吸一口氣，對自己說方才那句話只是個玩笑，沒什麼好在意的，卻還是壓不住從心裡冒出的難堪。

她一邊往前走，一邊搜索著腦中的記憶，她記得，她記得，自己在三樓擦窗戶的時候，手鍊還在的……

「難道是掉在樓梯那邊，或是去廚房的時候掉在走廊上？」謝曉梅看著鋪在腳下的紅色絨毯，心情頓時更低迷了。

大宅一樓走廊極爲寬敞，從客廳到廚房的這段距離就將近五十公尺，一條細到不仔細看根本難以察覺的銀色手鍊，哪是那麼好找的？

更何況葉心恬說不準下一秒就會把她召喚過去，如果在這段時間裡被人清掃掉……

謝曉梅控制不住腦海裡越來越悲觀的想法，原本還算仔細掃視絨毯的視線也變得焦灼起來。

就在她胡思亂想之際，一道毫不掩飾張狂意味的男音在前方不遠處響起。

「喂，小不點，妳手裡拿的是什麼鬼？」

謝曉梅反射性抬頭看去，看到一頭紅髮的高個子少年站在前方，雙手插在口袋裡，一雙狹長的眼睨著身旁的矮小身影。

「鍊子，夏蘿剛剛在地上看到的。」

稚氣童音裡的關鍵字讓謝曉梅倏地瞪大眼，視線緊緊鎖在那隻拾起手鍊的細白小手。

原本陪著夏蘿在宅子裡走走晃晃的左易，看到她忽地停在前方彎身撿起什麼，也跟著加大腳步走到她身邊。

他挑高眉毛，從夏蘿手指上勾起一條銀色手鍊，輕輕晃了晃，隨即沒好氣地咂了下舌。

「地上的東西不要隨便亂撿，妳忘記妳的體質了嗎？」

即使說話語氣聽起來有那麼一點兒不耐煩，但左易的視線卻關注著夏蘿的表情變化，以確認她是否有覺得不舒服。

眼前的小不點因爲體質敏感，只要有不乾淨的東西在，就容易低燒或頭痛。

「夏蘿沒有忘記。」黑髮白膚的小女孩輕聲說道，接著轉頭看向另一邊的謝曉梅，「這條手鍊，好像是那個姊姊的。」

「哪個？」左易隨性地用食指勾住手鍊，漫不經心地順著夏蘿的視線看過去，看見站在走廊上的謝曉梅時，一雙狹長的眼瞇了起來。

「喂，妳。」

儘管是在葉心恬家中，左易的態度依然與客氣劃不上等號。

「這是妳的東西？」

突然被人叫喚，謝曉梅像受到驚嚇般縮起肩膀，手指下意識捏住裙襬。透出緊張與不安的眼，小心翼翼地覷向左易，但一對上那張俊美的臉孔，她的呼吸心跳瞬間亂了拍，只能侷促地僵在原地，不敢動彈。

「搞什麼鬼。」左易厭煩地皺起眉，瞪向遲遲沒有動作的謝曉梅，抬手揉揉夏蘿的頭髮，囑咐她不許亂跑，便邁步往謝曉梅走去。

看著越來越接近的高挑身影，謝曉梅的心跳聲也跟著放大，心臟像是要跳出喉嚨口。

「這是妳掉的？」左易舉起手裡的鍊子問道。

「是、是的……」謝曉梅漲紅著臉、屏住呼吸、頭顱低垂，不敢直視那張堪比凶器的俊美容貌，她甚至覺得手指都緊張到在微微發抖。

像是對謝曉梅畏縮的姿態感到不悅，左易撇了撇唇，連話也懶得說了，一把抓起她的右手，將鍊子塞進掌心裡，隨即頭也不回地走向在原地等他的夏蘿。

「走吧，小不點。妳還有哪邊想逛？」左易握著夏蘿白嫩的小手，無論是眉眼還是嗓音都充滿著不馴，但是牽手的動作卻絲毫不見粗魯。

「小葉姊姊說可以去她的房間，夏蘿想過去看看。」

「那個死三八。」左易沒好氣地嘖了一聲，「房間的品味也太糟糕了吧。」

「因爲小易你不喜歡有紗簾的床鋪。」

「嘖，那種公主床誰睡得下去。」只要一想起二樓的房間幾乎都是附加床頂與紗幔的寬床鋪，左易覺得渾身的雞皮疙瘩都快起來了。

也正是因爲葉家二樓的客房都有著公主床與蕾絲窗簾，讓一向喜歡簡單風格的左容、左易極爲不習慣，所以房間分配上，便成爲夏家兄妹、花忍冬、歐陽明住在二樓，左家雙子則是移到了三樓。

一大一小的身影很快就消失在走廊盡頭，安靜無聲的廊道上，只剩下謝曉梅緊緊抓著那條銀色手鍊。

方才左易略低的體溫傳到她的手指時，強烈的緊張與羞澀如同海浪般席捲而來。只要一想起對方硬是將鍊子塞進自己掌心的那一刻，謝曉梅就覺得臉頰開始發燙，那是她第一次那麼近距離和男孩子相處。

但是、但是……好不容易有這個機會，她卻一句話也說不出來，謝曉梅忍不住厭惡起自己的笨拙。

「真討厭……我剛剛的樣子，一定很蠢吧。」謝曉梅抬起手摸摸自己的臉，再想到帶有不少雀斑的鼻子，頓時沮喪地垮下肩膀。

「如果我也可以像葉心恬那麼漂亮就好……」謝曉梅悵然若失地將鍊子戴回手上，又忍不住回頭看了眼左易離去的方向，一道深深的嘆息從嘴裡溢了出來。

深夜時分，葉家大宅也陷入了一片沉寂。

不同於晚餐時的熱鬧，偌大的建築物裡只剩下花園的玻璃燈罩還亮著光，其餘房間大都已熄燈。

不過在二樓靠近樓梯口的一間寬敞客房中，花忍冬卻睜著一雙細長的狐狸眼，遲遲沒有入睡。

身邊的歐陽明倒是已睡得鼾聲連連，肚皮都露出了一大塊。

晚飯時，花忍冬除了忙著挾菜給林綾，還要留意歐陽明的食量，以免這個下午才暈車的小胖子吃太凶，若是晚上頻頻跑廁所就糟糕了；更要提防左易的刻薄言語，不然讓他和葉心恬又爭鋒相對起來，就太破壞氣氛了。

所以花忍冬晚餐時眞的很忙，忙到他想要專心好好吃個飯的時候，桌面上的菜早已被歐陽明一掃而空。

最後他只能暗暗踢向歐陽明一腳，皮笑肉不笑地搶走歐陽明的點心洩恨。

正因爲上述原因，儘管現在已是大半夜，但花忍冬的肚子卻開始咕嚕咕嚕叫了起來。

「死歐陽，沒事那麼會吃做什麼。」花忍冬忿忿不平地轉過身，掐了睡得正香的歐陽明一把，可惜對方卻只是伸手撓撓肚皮，咕噥幾聲之後，又睡得更沉了。

花忍冬哀怨地嘆了口氣，兩眼無神地看著床頂。藉由窗外的月光，他可以清楚看見輕薄的白色紗幔從床頂處披落而下，形成了床內、床外兩個世界。

花忍冬與歐陽明所躺的大床，正是許多女孩子夢寐以求的公主床。難怪先前左容、左易一看到二樓房間的設計，臉色都忍不住僵了僵，這種夢幻到不行的擺設，跟那兩人實在不太搭。

也因此，實際上住在二樓客房的就只有花忍冬、歐陽明、夏春秋和夏蘿，林綾則是被葉心恬拉到她的房間裡，說要兩個人一起睡。她的寢室就在二樓走廊底端，也是空間最大、擺設最豪華的房間。

至於左容、左易，則是住在三樓的客房。雖然房間裝飾依然充滿奢華感，不過沒了公主床，倒是讓他們的接受度高了不少。

花忍冬一邊在腦中胡思亂想，一邊將手掌按在肚子上，看能不能克制住細微的咕嚕咕嚕聲，只可惜成效不彰。

花忍冬摸摸肚子，嘆了一口氣，決定摸黑到一樓尋找食物。雖然在大半夜溜到別人家廚房覓食不太恰當，不過葉心恬之前也說過了——

「就把這裡當自己家，肚子餓的話，直接去廚房找點心來吃也沒關係。」

花忍冬想，其實這句話應該是向歐陽說的，畢竟他那個同學的食量可是有目共睹地驚人，不過沒想到第一個潛進廚房裡的，竟然是自己。

花忍冬瞄了眼躺在床上呼呼大睡的歐陽明，穿上室內拖鞋，輕手輕腳地拉開門走出去，又小心翼翼地將門扉半掩。

走廊上的壁燈散發出鵝黃色光芒，讓人不至於一踏出房門就被黑暗包圍，這個貼心的設計讓他暗暗合掌感謝。

寬敞的走廊此刻安靜得針落可聞，花忍冬放輕腳步，不敢發出太大聲響，以免驚醒了其他房內的人。

由於兩人的房間就位在樓梯附近，因此他很快就來到一樓的客廳。站在吊燈下方，瞧著被壁燈照映而顯得迷幻又豪華的擺設，他無聲地吹了個口哨，再次讚歎葉家大宅的富麗。

正當花忍冬準備往廚房方向前進時，一道稚嫩的嗓音猛然中斷了他的動作。

「黑色天空，月亮高高高。來來來，我們來玩踩影子～」

小孩子聲音的歌聲輕飄飄地傳進花忍冬耳裡，他反射性轉過頭，看向歐式樓梯上方。

「小蘿，是妳嗎？」花忍冬壓低聲音喊了一聲。

然而通往二樓的歐式樓梯上卻安安靜靜，看不見人影，也聽不到任何回應。

花忍冬四處張望了下，正要說服自己方才的聲音可能是幻聽時，清脆歌聲又響起來了。

「在地上晃動的黑色是什麼呢？是你的影子，他的影子，卻沒有我的影子。」

輕緩如霧氣晃動的縹緲嗓音似遠似近地傳來，花忍冬驟然繃緊肩膀，腳尖一旋，迅速轉向了聲音的方向。

那是左手邊的走廊。

「來來來，我們來玩踩影子。」

這句歌聲落下的同時，響起了一道骨碌碌的聲音。

花忍冬反射性屏住呼吸，那雙大睜的眼睛裡，映出一顆小球滾至鞋尖前的景象。

小球停住，骨碌碌的聲音也隨之消失。

「小蘿？」花忍冬再次輕聲喚道，順著小球滾來的方向看過去，但走廊深處的幽暗卻阻擋了他的視線，「妳在那邊嗎？」

依舊安靜，沒有誰回答他的問話。

花忍冬彎下腰，決定先撿起那顆小球。就在這瞬間，他的眼角捕捉到一抹白影。是誰？花忍冬飛快收回手，細長的眸子望向白影晃動的方向。

在走廊深處黑暗裡，一道嬌小的身影正緩慢地走出來。

啪噠啪噠……近乎死寂的黑夜裡，突然響起的腳步聲顯得格外清晰，彷彿被無限放大一般地落在花忍冬耳裡。

透過壁燈的映照，先是一雙小巧的鞋子從黑暗裡跨出，然後是白色的裙襬，接著是細瘦的四肢與無表情的臉孔。

那是一名陌生的小女孩，她的皮膚看起來比今日的月亮還要蒼白。但眼睛和長長的髮絲卻是異樣的黑，黑得像外頭的夜。

小女孩身著一襲白色洋裝，懷中抱著一隻灰撲撲的兔子娃娃，那髒兮兮的娃娃像是很久沒有清洗過似的。

在寂靜無聲的客廳裡，忽然出現一名小女孩，花忍冬下意識往葉家成員想去。但……他記得葉心恬上頭只有一個哥哥，並沒有妹妹。

該不會是……傭人的小孩？

花忍冬瞧著離他有段距離的小女孩，她站在走廊燈光融入黑暗的交接處，一身肌膚蒼白得不可思議。

他注意到那孩子的洋裝極爲漂亮精緻，不像是普通人家的小孩。

那麼，她又是誰家的孩子？

花忍冬瞪著站在壁燈下的小女孩，他甚至不知道對方是什麼時候走到那裡的。

他無法控制自己往最嚇人的方向想去，畢竟三更半夜裡突然出現一個膚色蒼白的小女孩，要人不胡思亂想實在太難了。

花忍冬悄悄向後退了一步，視線不敢從那道嬌小身影上移開，他甚至打定主意，就算會吵醒全屋子的人，也要扯開喉嚨大喊，畢竟眼下情景詭異到讓他全身發毛。

可是到頭來，他還是沒有這麼做。

因爲花忍冬看見了影子，他看見在燈光的照射下，小女孩的腳下是有影子的。

所以，不是鬼……對吧？

「小妹妹，這是妳的球嗎？」花忍冬注意到小女孩目光落在小球上，下意識彎身撿起。

小女孩沒有回話，只是張著一雙大大的眼睛，專注地看著花忍冬。在他將小球撿起來的時候，她忽然咧嘴一笑，細白的牙齒露了出來，和紅紅的嘴唇形成強烈的對比。

花忍冬一抬眼，那抹詭異的笑恰巧映入眼底，他心裡一驚，抓在手中的小球頓時掉到地上，滾呀滾的，很快就消失在幽暗的一角，但花忍冬卻分不出半點心思去注意那顆球了。

因爲不知道什麼時候，他與小女孩的距離被拉得更近了。

花忍冬甚至沒看到那抹嬌小身影是什麼時候移動腳步的，他僵著表情，呼吸越發急促，忙不迭後退好幾步。

小女孩臉上掛著歪斜的笑，正不斷朝他靠近。兩人間的距離越縮越短，十公尺……四公尺、三公尺、兩公尺——

一公尺！

或許是因爲太過緊張，一個踉蹌，花忍冬右腳不小心絆到左腳，狼狽地跌坐在紅色絨毯上。

他慌張地想要撐起身體，然而手肘卻撞到了硬物，他反射性轉頭看去，原來在他心驚後退的時候，已不知不覺退至走廊最底端。

花忍冬再回頭時，卻發現穿著白洋裝的小女孩已經爬上他的大腿，與他臉對臉、眼對眼地望著。

她的身上透出一股讓人發寒的冰冷氣息。

只見她咧開了異常紅潤的嘴唇，小巧的舌頭蠕動著，發出了可愛的聲音。

「來來來，我們來玩踩影子，被踩到的人，影子將會——」

下一秒，那張蒼白臉孔忽地喀喀喀地轉動起來，在花忍冬眼前轉了一百八十度，發出刺耳的笑聲。

花忍冬驚駭地瞪大眼，明明想要尖叫，但聲音卻卡在喉嚨裡，只能擠出不連貫的嘶氣聲，眼睜睜看著那張上下顛倒的小臉離自己越來越近。

最後，他終於承受不住這詭異的畫面，意識被人強制切斷一般，黑暗瞬間籠罩了他的感官，身子軟軟地癱倒在地……

第三章

同樣寧靜的夜晚，葉家傭人宿舍裡，卻還有一道纖瘦身影立在窗邊，低垂著眉眼，沉默地梳著一頭長髮。

雖然現在已是大半夜，但謝曉梅卻沒有睡意。和她同寢的三個女孩都已躺在床上發出均勻的呼吸聲，有一人甚至還打著鼾，或是偶爾響起幾句含糊的夢話。

謝曉梅將身子大半重量倚在窗台，瞥到了繫在手腕上的鍊子，瞬間露出失神的表情，想起曾經殘留在她手心的溫度。

那張狂傲不馴的俊美臉孔閃過腦海，艷紅的髮色讓人有種想要去觸摸的衝動。謝曉梅猛地漲紅了臉，梳子不小心落到地上，發出喀噠的清脆聲響。

「唔嗯……曉梅，這麼晚了妳還不睡……」

彷彿被這聲音驚醒，離她最近床鋪上的女孩翻了個身，發出幾聲咕噥。

「我、我等下就會睡了。」謝曉梅彷彿受到驚嚇的兔子，緊張地縮起肩膀，往床鋪方向覷了一眼，看見方才說話的女孩已將被子拉高到頭頂，整個人縮在被窩後，她才鬆了口氣。

明明知道對方不可能知道自己在想什麼，但謝曉梅還是很擔憂心底的想法被人看穿。

望著映在玻璃窗上的身影，謝曉梅抬起手摸摸臉，浮在臉頰與鼻尖上的雀斑讓她沮喪地閉上眼睛，不想看到自己的外表。

爲什麼她會如此的普通？既不可愛也不漂亮，甚至找不出讓人印象深刻的特色。

如果、如果，她的外表可以再好看一點的話……

謝曉梅想起葉心恬的幾位同學，不管是氣質出眾的林綾，還是淡漠中性的左容，都讓她自慚形穢。

最後，她又想到容姿明媚的葉心恬。姣好的外表、高傲的姿態、富裕的身家，這個世界上，怎麼會有人就像小說的人物一樣完美呢？

「眞好……」謝曉梅垂著眼，看著自己的腳尖，悵然若失地靠在窗台前發怔好一會兒。

直到另一邊床上又傳來翻身的聲音，才讓她猛然拉回思緒。

謝曉梅輕拍臉頰，在心底告訴自己要振作起來，不可以這麼消極。也許明天，她會有機會認識那名紅髮的少年……也許明天，葉心恬會親切地邀請她加入聊天的行列，畢竟她正好與一行人同年齡，說不定能有一堆話題可以聊。

這樣想了想之後，心情反而不像之前那樣低落了。將垂在頰邊的髮絲撥到耳後，謝曉梅心滿意足地瞇起眼，正準備拉上窗簾，一抹嬌小的身影卻驀地晃過她的眼角。

那是誰？謝曉梅將臉龐貼在窗戶上，想要看得更清楚。

葉家大宅一入夜，懸掛在花園樹枝上的小燈就會被點亮，透過月光與昏黃的燈光，足以瞧見園子大概的輪廓。

謝曉梅像是不相信眼前所見一般，先是眨了眨眼，接著猶豫地打開窗，將身子探了出去，想確認在花園裡徘徊的小小身影不是自己的錯覺。

那是個黑髮白膚的小女孩，在月光的映照下，膚色如同雪般的蒼白。

「夏……蘿？」謝曉梅不確定地唸著這個名字，眼裡滿是困惑，不懂對方怎麼會在夜深人靜的時候突然跑到花園裡。

她回頭看了眼已然熟睡的同寢女孩們，又轉回看向窗外，壓低音量對外喊道：「妳、妳在外面做什麼？」

然而那名小女孩就像是沒聽到，一雙黑亮大眼不知注視著哪裡，搖搖晃晃地在花叢間穿梭。

謝曉梅咬了咬唇，被忽視的感覺讓她不太舒服，對夏蘿的好感度頓時降了幾分，她猶豫著要不要再喊一次，畢竟對方可是葉心恬的客人。

然而在她張嘴欲喊之際，忽然瞥見一抹身影正朝夏蘿方向接近，她反射性蹲下身，只露出一雙眼睛偷偷觀察外頭。

當瞧清楚那抹身影是誰時，她將聲音全數吞下，覺得自己還是不要沒事找事做好了，反正，這並不關她的事……

□

喀啦喀啦，有聲音響起。

在空調的吹送下，二樓客房絲毫感受不到熱意，甚至還讓躺在床上的夏春秋在睡夢中無意識拉高棉被，蜷縮起身體。

這名黑髮黑眼的少年睡得並不安穩，他的夢境裡，現正飄散著濃濃白霧，讓他完全看不見前方。

周身除了霧氣，還是霧氣。

放眼望去，盡是一片伸手不見五指的白。

夏春秋站在原地，他感覺得到白霧環繞在四周，以肉眼可見的速度流轉，就像被賦予自我意識一般。

但這片濃密的霧卻不帶有一絲濕氣，留在皮膚上的感覺僅僅只有乾燥。

夏春秋嘗試伸手揮了揮，白霧沒有跟著散動，反倒遮蔽他半截手臂。這個發現讓他不禁繃起身子，慌張地轉動著視線。

這裡是……哪裡？

揮之不散的濃霧當然不會回答他，夏春秋只能茫然地站在原地，一時不知該前進還是後退。

周遭依舊是純粹的靜默，非常安靜，像什麼也不存在，是個死氣沉沉的世界。

夏春秋不安地皺起眉，開始陷入回想。他記得晚餐時，大家聚在餐廳裡熱鬧地聊天；吃飽之後，轉移到客廳打牌、玩桌遊、看電視、討論著明天的行程，一群人就這樣在客廳裡耗到快十二點，才紛紛回房休息。

是了，他最後的記憶是幫妹妹蓋好被子，然後自己再躺到她身邊。

夏春秋恍然大悟地輕啊了一聲，照這樣推論下來，他應該還在睡覺才是。

所以，我現在正在作夢嗎？

這個念頭才剛浮現，四周白霧似乎有所感應般地驀然轉淡，不再讓人伸手不見五指。

「眞、眞是奇妙……」夏春秋自言自語，這還是他第一次在夢中尙能保持意識，一切感受都眞實得不可思議。

問題是，他爲什麼會作這個充滿白色霧氣的夢？

夏春秋困惑地眨眨眼睛，雖然猜測自己是在作夢，但夢中只有獨自一人，還是讓他感到不知所措。

他緊張地深呼吸幾下，然後緩緩跨出右腳，確認腳底踩到的是平地之後，才放心地踏出左腳。

雖然夏春秋心裡感到害怕，但呆站在原地並不會讓事情有任何改變，所以他把心一橫，決定豁出去向前邁進。

既然是作夢，那應該……呃，不會有什麼可怕的事發生才對？

煩惱歸煩惱，但夏春秋還是催促著自己跨出步伐，身邊的白霧如同浪潮般退去，迅速分開出一條道路。

就在他慶幸著霧氣的消散，一抹褐金色的影子忽然閃過前方，與此同時，周邊景色也變得清晰起來。

深褐的小路、蓊鬱的樹林，從葉隙間灑下的金燦光線，以及響在耳邊的蟲鳴鳥叫，都讓這一切顯得生動起來。

從單調的白色之中脫離出來，夏春秋對於出現在夢裡的斑斕色彩生出一股安心感，他情緒不再緊繃，前進的步子也變得悠閒。

他信步沿著小路往前走，地勢緩慢上升，當到達一個高度後又開始往下。

夏春秋走了一會兒，視線就讓前方不遠處一團毛茸茸的東西吸引住了，仔細一看，才發現那是一隻有著金褐色毛皮、尾巴蓬鬆的狐狸。

好、好可愛！夏春秋在心裡發出無聲的讚歎，小心翼翼地挪動腳步，就怕自己製造出太大的動靜驚走了狐狸。

但那隻狐狸卻像是不怕人，歪著腦袋往夏春秋看了一眼，尾巴在地上輕輕拍打幾下。

「這是要我過去的意思嗎？」夏春秋嚥了嚥口水，手指比了比狐狸，又比向自己。

這原本只是驚訝之下做出的一個小動作，卻沒想到狐狸竟然往前走了幾步又停下來，朝著夏春秋晃晃腦袋，彷彿在無聲催促他跟著一塊走。

夏春秋有點兒緊張，但更多的是興奮。

在狐狸若有似無的引領下，夏春秋順著蜿蜒的小路來到一面灰色山壁前。山壁下，有個一人高、寬度約莫三人可並行的洞窟，黑黝黝的，像是連光線都不敢探看進去。

狐狸一溜煙地鑽進洞窟裡。

夏春秋躊躇著要不要跟進去，又見狐狸探出腦袋，如同玻璃珠般的碧色眼睛正瞅著他不放，還不時做出腦袋往裡轉的動作。

那模樣實在太可愛了，夏春秋心裡的警戒線頓時一退再退，終於舉手投降。

只是在作夢，應該沒關係的……應該。夏春秋也不是很有底氣地在心裡說道，但他仍舊忍不住抬起腳往前走，尾隨著狐狸進入那個黑乎乎的洞口。

夏春秋本以爲洞裡會是一片漆黑，他甚至做好了當個睜眼瞎子的心理準備，沒想到那隻金褐色狐狸的身上竟開始透出微微光芒。

一瞬間，似乎能看到狐狸的尾巴在空中輕輕搖晃，伸展爲三條；他一愣，不禁困惑地眨眨眼，定睛再一看，發現狐狸的屁股後面只有一條尾巴而已。

一定是看到殘影，才會產生三條尾巴的錯覺。

夏春秋打量著發光的狐狸，覺得對方就像是個圓滾滾的小燈籠。他忍不住爲這個比喻偷偷笑了出來。

狐狸製造出的光雖然不像外頭的陽光那麼熾亮，但也足以讓夏春秋一窺洞內構造。

一看之下，「別有洞天」四個字立即浮現心頭。相較於那個看似不大的洞口，洞裡空間卻是大得不可思議。有數條不知是人爲還是天然形成的隧道往深處延伸，地上散落著一塊塊碎石，岩壁上更是不時出現幾塊鐘狀或圓柱狀的石頭。

夏春秋好奇地走近其中一面岩壁前，用手指摸了摸，發現上頭有著細細小小的孔洞，而幾個較大的孔洞裡還隱約透出一抹黯沉的紫色。

這裡究竟是……夏春秋不期然地想起自己在電車上讀給妹妹聽的旅遊資料。

他轉頭看向狐狸，對方也正盯著他瞧，那雙獸瞳綠得發亮、綠得懾人，讓人想起幽幽鬼火。

「你……」夏春秋才剛發出一個聲音，狐狸卻猛然往其中一條隧道跑去。

「等一下！」夏春秋下意識拔腿就追，但狐狸一消失，光源也跟著消退，眼前重新恢復爲伸手不見五指的黑暗。

方向感驟失的同時，夏春秋一腳踩空，下墜的失速感讓現實裡的他右腳猛地在床上一蹬，連身體都像是離水的魚彈了幾下。

他如同受到驚嚇般地睜開雙眼，天花板的圖案映入眼裡，但他的焦距卻是渙散的，好半晌才回過神來。

「原來是作夢啊……」夏春秋試探性地揮了揮手，完全感覺不到白色霧氣，只有空調的絲絲涼風吹拂過來，頓時讓手臂起了一層雞皮疙瘩。

「好像有點太冷了。」夏春秋搓了搓雙臂，既然他都覺得冷了，那小蘿應該更是，還是將空調關掉好了。

夏春秋轉過頭，想要看看妹妹有沒有踢被子，卻發現身旁床位竟空空蕩蕩。

夏春秋一驚，連忙伸手摸了摸夏蘿原本躺著的位置，殘留著的溫度說明對方離床不久，頓時讓他鬆了一口氣。

「會不會是去上廁所了？」夏春秋一邊猜測，一邊看向廁所，從門縫底下透出的光線彷彿正應和著他的想法。

夏春秋撓了撓睡得亂翹的頭髮，掀開被子下床。他先是拿起空調遙控器，將室內溫度調高一些，又伸了個懶腰，慢悠悠地走到窗戶邊。

這時他才發現先前在耳邊作響的喀啦喀啦聲，就是因爲窗子沒有關好，被夜風吹得搖搖晃晃，不時輕擊在窗框上。

等妹妹從廁所裡出來的這段時間，夏春秋靠在窗台邊，有些愛睏的眼眸往外瞥出去。這一望，讓他瞬間被花園裡的絢爛景象吸引住了。

垂掛在枝椏上的玻璃燈罩暈出了昏黃的光芒，點綴在花叢上與枝葉上，替夜色增添一股如夢似幻的美感，讓人幾乎無法移開視線。

「眞漂亮……」夏春秋讚歎一聲，想著等等一定要叫妹妹過來看看這美麗的畫面。

當夏春秋準備將身子再探出去一點的時候，卻意外看到一抹小小身影穿梭在花叢間。那張熟悉到不能再熟悉的稚氣臉孔，頓時讓他倒抽一口氣。

小蘿？爲什麼小蘿會在花園裡？那廁所裡的燈光又是怎麼回事？

夏春秋急急忙忙衝到廁所前，打開門一看，發現裡頭根本空無一人。

顧不得思考是誰打開廁所的燈，夏春秋穿上拖鞋，匆匆跑出房間。這個時候他也不管自己的腳步聲會不會吵醒其他人，只是一個勁地往前跑，很快就來到了樓梯口。

由於夏春秋一心牽掛著夏蘿，完全沒注意到花忍冬與歐陽明的房門半掩，在壁燈映照下，宛如在幽暗中拉開一道口子。

夏春秋飛快地跑下樓，腳步不停地來到玄關，頓時看見那扇通往外邊的紅銅大門是敞開著的。

「小蘿，妳在哪裡？」夏春秋行走在燈火晃蕩的花園裡，依靠先前在二樓房間所見，沿著青石鋪成的小道往右邊走去。

花園裡錯落種植著花叢與樹木，儘管有燈光照耀，但大半夜想要在這個偌大空間裡迅速找到一名小女孩，還是有些難度。

夏春秋越走越急，他甚至已經想著要不要回到主屋裡，請求葉心恬派出傭人幫忙尋找，不然在這麼暗的夜裡，他擔心妹妹會不會出什麼事。

就在這時，夏春秋眼角忽地瞄到一個嬌小身子從斜前方花叢走過，也幸好那些叫不出名字的花叢長得並不茂盛，才沒有遮掩住夏蘿的身影。

「小蘿，等等，妳不要亂跑！」夏春秋急忙追去，甚至無暇注意自己是否有踩壞名貴花朵。

月色映照之下，夏蘿的身子像是被鍍上一層銀粉似的，連同那張小臉也蒼白得找不出絲毫血色。

「小蘿！」夏春秋將手伸得長長的，就在夏蘿即將轉入另一個花叢之際，及時將她撈進懷裡。

夏蘿被動地被夏春秋抱住，一雙幽黑的眸子茫茫然的，不知焦點落在何處。甚至在夏春秋將她的身子轉過來、兩人眼對眼後，她依舊沒有反應。

「小蘿、小蘿。」夏春秋蹲下來與她平視，在她眼前揮了揮手，但夏蘿就像是沒有看見一般。

瞧著夏蘿空洞的神情，以及渙散的眼神，夏春秋改而抓著她的肩膀，用力晃了晃，甚至還咬牙在那白嫩的臉頰上輕輕拍打幾下。

「小蘿，妳醒醒！」

「哥哥？」夏蘿像是被驚醒似地眨了眨眼，困惑地抬起頭看向一臉慌亂的兄長。

這兩字對此時的夏春秋來說如同天籟，他鬆了口氣、緊緊抱住夏蘿，不斷喃唸著「太好了，妳沒事、妳沒事」。

「夏蘿……不是在睡覺嗎？爲什麼會在這裡？」

因爲被夏春秋抱在懷裡，夏蘿聲音聽起來有些悶悶的，夏春秋忙不迭鬆了手勁，讓夏蘿可以抬起頭。

兩人眼對眼地互望了一會兒，下一秒，夏春秋像是意識到什麼，忍不住出聲問道。

「小蘿妳……該不會是夢遊了吧？」

「夢遊？」夏蘿眨巴著眼，努力思索先前的記憶。但想了好一會兒，她還是毫無印象，只記得自己應該是在床上睡覺才對，怎麼一醒來就跑到花園？

「夏蘿不知道。」她搖搖頭，小臉滿是困惑，「但是……夏蘿應該不會夢遊才對。」

「沒關係，哥哥以後會更注意小蘿的。」夏春秋溫柔安撫，同時心裡對於夏蘿今天出現的狀況暗自警惕。

兄長的關懷讓夏蘿習慣性地抓住他的袖子，用自己的小臉蛋蹭了蹭他的臉頰。

「好了，我們先回房間吧。回去的時候，要注意不要發出太大的聲音喔。」夏春秋從地上站起身，牽住妹妹的手。

夏蘿乖巧地點點頭，小手與他手指交握，只有那雙幽黑的大眼睛還帶著一絲好奇地看向周邊——

「過來……我在這裡……」

輕緩到猶如風聲拂過的低喃，讓夏蘿忍不住轉過頭，卻沒有看到任何人影，只有一座大大的透明溫室佇立在後方。

「怎麼了，小蘿？」夏春秋注意到妹妹的動作，也跟著回頭，狐疑地看了看，並沒有發現異狀。

夏蘿搖搖頭，覺得自己或許是聽錯了。

這個小小的插曲很快就被兄妹倆拋到腦後，在他們離那座溫室越來越遠的時候，一陣若有似無的咯咯笑聲迴盪在花園裡……

當夏春秋牽著夏蘿的手回到主屋時，意外地看到兩抹高挑身影站在紅銅大門前。

那是繃著一張臉、眼神陰沉的左易，以及面無表情卻嘴唇緊抿的左容。

夏春秋訝異地瞪大眼，想不透這兩人大半夜的不睡覺，站在這裡做什麼？

夏蘿也困惑地歪著頭，先是看看左易，接著再看向左容。

左易飛快打量夏蘿一圈，確認她毫髮未損之後，毫不客氣地對夏春秋甩出陰沉的臉色。

「三更半夜的，吵什麼吵？」

左容遞了一記稍安勿躁的眼神過去，隨即看向夏春秋。

「春秋，我們聽到你在喊小蘿，是發生什麼事了嗎？」她語氣沉穩，但眼裡是掩不住的關心。

「就是、就是……我醒來的時候，發現小蘿不見了，所以才跑到花園找她……吵醒你們眞的很不、不好意思。」夏春秋難爲情地道著歉，同時心底也擔憂自己是不是還吵到了其他人。

「妳爲什麼會突然不見？」左易瞇著眼，警覺地盯著夏蘿。

「夏蘿夢遊了。」

夏春秋一愣，想起夏蘿先前在花園裡曾說過自己不會夢遊，爲何現在反而這樣說？接著他轉念一想，覺得妹妹應該是不想讓左易擔心，才會用上這個理由，也就不多說了。

「嘖，我看下次乾脆用繩子把妳綁起來，免得睡到一半不知道夢遊到什麼鬼地方去了。」左易表情不善地瞪著夏蘿，伸手將她柔順的黑髮亂揉一通，「不要讓人操心啊，小不點。」

「先進屋吧。夜晚的風比較涼，很容易感冒。」左容側過身子，讓兩兄妹先進到玄關，自己則是墊後關上大門。

將玄關處的木門也上鎖後，左容與左易一起走進客廳，卻看到夏春秋與夏蘿並未上樓，而是停步在牆角前。

「那個，左容……」夏春秋轉過頭，語氣充滿不確定，「爲什麼花花會躺在……呃，地上？」

夏春秋的提問，左容並不覺得詫異，反而有條不紊地開口說明，「剛剛下樓時就看到他躺在這裡了，不過看起來沒什麼大礙，所以就暫時丟著，畢竟我比較擔心你和小蘿。」

如果花忍冬聽到這番完全偏心的發言，一定會氣呼呼地跳起來大罵不公平，可惜他現在沒有任何發言權。

「這、這樣啊……」夏春秋紅著耳朵，爲了掩飾這抹難爲情，趕忙蹲下來推了推花忍冬。

夏蘿也有樣學樣地蹲在地上，用手指戳了戳花忍冬，又將耳朵湊過去，隨即認真說道：「忍冬哥哥睡著了。」

「咦……花花，你醒醒，睡在這裡會感冒的。」夏春秋輕拍花忍冬的臉，只是回應他的卻是一串細微鼾聲。

「喂，小不點，回妳的房間睡覺。那麼晚還不睡，小心長不高。」左易兩手插在口袋裡，顯然沒有要管花忍冬的意思。

「左、左易。」對花忍冬的臉又掐又捏的，對方仍舊沒有半點甦醒的跡象，夏春秋沒有辦法，只能囁嚅地說道，「你可以幫我……幫我一起把花花抬上去嗎？」

左易不馴地吊起了眼角，那副凶惡樣讓夏春秋忍不住一縮肩膀，不過看了看躺在地上的花忍冬，他還是鼓起勇氣，準備再次開口。

沒想到一旁的夏蘿已試著抬起花忍冬的手，準備將對方架到她單薄的肩膀上，看樣子，顯然是想要把花忍冬撐起來。

左容、左易兩人眉頭一擰，同時有了動作。

「春秋，我來幫你吧。」

「小不點，妳讓開，不要在這邊礙手礙腳。」

由於左易離夏蘿比較近，只見他一把揪住夏蘿的衣領往後一丟，接著神色不善地走向花忍冬，將他從地板上架起來。

「這死人妖的房間在哪裡？」左易嫌惡地瞥了花忍冬一眼，沒好氣地問道。

沒想到左易一個人就可以撐起花忍冬，夏春秋忍不住羨慕起對方的好體力，反而沒有聽清楚左易的詢問。

直到左容將問題重新複述一遍，夏春秋才急急忙忙回答，「二、二樓，離樓梯最近的那一間！」

左易冷哼一聲，扛著花忍冬走上樓。尾隨在後的夏春秋牽著夏蘿的手，不忍直視花忍冬因爲左易的粗魯動作，不是腳踝撞到樓梯，就是手臂磕到扶手。

天啊，估計花花明天早上醒來一定會全身痠痛……夏春秋別過頭，默默地想著。

這個不甚安穩的夜，就在左易一把將花忍冬丟到房間地板上，然後和夏蘿互道晚安後，結束了。

第四章

柔軟的白色紗幔從床頂滑落，像是一朵盛綻的花朵由上而下地倒扣，將躺在床上的少女輕輕收攏。

此刻縮在棉被裡的葉心恬睡得正香甜，彷彿有股無形力量將她扯入一個既甜美又懷念的夢境。

那是個帶著昏黃色澤的夢，就像是曝光過度的相片，給人一種老舊的感覺。

夢裡的葉家大宅如同一座城堡般矗立著，只不過環繞主屋的花園卻不像現在這樣種滿各式各樣的花草與樹木，更看不見懸掛在枝椏上的燈。

在葉心恬眼前展開的，是一片遼闊的玫瑰花圃，有紅的、白的、粉紅的，濃馥的花香不但不會讓她感到排斥，甚至深深地懷念起來。

葉心恬走在青石板鋪成的小徑上，輕拂過柔軟又鮮艷的玫瑰花瓣，花香讓她有些暈眩，卻捨不得離開這座花園。

走著走著，她突然聽到歡快的笑聲從前方不遠處傳來，那聲音清脆童稚，如同飛鳥振翅所帶起的聲響，讓她不禁起了好奇心。

葉心恬不自覺加快腳步，兩旁綻放的玫瑰花瓣拂過她的裙襬，甚至有幾片沾上衣角，但很快就滑落到地面。

她的一顆心全放在那如同分享祕密似的咯咯笑語，想要知道是誰躲在花叢後。

她伸出手，撥開阻擋視線的枝葉——

然後，葉心恬突然從夢中醒了過來。

不知是夢還是現實的恍惚感，讓她茫然地睜著雙眼，一時分不清身在何方。

呆坐在床上一會兒，她轉頭往旁邊看去，卻發現床的另一側並沒有林綾的身影。

「人呢？」葉心恬喃喃低語，將一頭蓬鬆的長鬈髮往肩後撥去。

由於剛睡醒，她的動作還有些遲緩，又坐在床沿發呆了數分鐘之後，總算想起林綾昨晚有跟她提過，想要到三樓的書庫去看一看。

她懶洋洋地走進盥洗室，再出來時，已精神了不少，經過整理的長鬈髮柔順地披在身後，露出明媚的臉孔。

由於葉心恬的房間位於二樓走廊底端，下樓前，自然會經過夏春秋、夏蘿與花忍冬、歐陽明的房間。只不過連續敲了這兩間的房門後，得到的回應都是一片安靜，葉心恬頓時不滿地噘起嘴。

「討厭，要出去玩不會找我嗎？」葉心恬有些忿忿不平地說。

她今天本來想要帶著夏春秋幾人去村裡好好逛一逛，不過她顯然睡得有些遲了，而同學們的行動力又出乎她意料地高，才這麼一點時間，大家已跑得不見人影了。

葉心恬沮喪地嘆了口氣，漫不經心地走下樓，決定等吃完早餐之後，向其他傭人問看看夏春秋他們的行蹤。

當她穿過客廳，來到走廊上時，卻意外聽見細碎的低語從窗戶外傳來。那陣交談聲中，不時出現「小姐的客人」、「小女孩」等字眼。

「嗯？」葉心恬狐疑地挑高眉，往窗外看出去，一雙美眸掃視過圍在花叢前的幾個人。

「妳們是對我的同學有什麼不滿嗎？」

幾個女傭被突如其來的聲音嚇了一跳，連忙慌張地轉過身，瞧見葉心恬正雙手環胸地睨視著她們，眾人妳看我、我看妳的，最後，將視線落在謝曉梅身上。

察覺到她們的目光，葉心恬輕抬下巴，精緻的臉孔像是不容侵犯，充滿高傲。

「曉梅，把事情說清楚。」

被點名的謝曉梅絞著手指，畏畏縮縮地看了葉心恬一眼，隨即側開身子，露出後方的花圃。花圃裡沒有花，僅剩下許多細長的帶刺枝幹，與暗綠色的橢圓葉子相互交錯。

花呢？葉心恬訝異地眨了眨眼。現在是玫瑰盛開的季節，照理說，不可能一朵花都看不到。

她將視線再往下移，看到那些散落在花圃地面的玫瑰時，頓時氣得柳眉倒豎。

「這是怎麼一回事，為什麼玫瑰花會全部掉下來？」葉心恬揚高聲音，透出一股尖銳，「是誰做的？」

「我、我早上到花園澆水時，就看到玫瑰花變成這樣了……像是有人用剪刀把花剪掉一樣……」一個短頭髮的女孩子結結巴巴地說，幾乎要哭了出來，「我問了其他人，他們都不清楚，但是曉梅、曉梅說……」

葉心恬嚴厲的視線看向謝曉梅，那雙漂亮的貓兒眼充滿魄力。

「昨天半夜的時候，」謝曉梅吞了吞口水，小小聲地說，「我看到了小姐的客人，就是那個皮膚很白的小女孩，出現在花園裡……」

「小女孩？」葉心恬馬上就知道她在說誰了，「小蘿？」

「是、是的，就是她。」謝曉梅覷著葉心恬的表情，最後心一橫，將她所看到的事情全說了出來，「我看到她鬼鬼祟祟地在花園裡走來走去，不知道在做什麼。」

「妳有看到她剪掉玫瑰花嗎？」葉心恬瞇起眼問道。

「啊……」謝曉梅先是一愣，隨即搖搖頭，「我沒、沒看到，因為她哥哥後來出現了，我就沒有再繼續看下去。」

「這樣啊。」葉心恬看起來若有所思，語氣卻不再如先前般盛氣凌人。

「小姐，我們都知道妳最喜歡玫瑰了，不可能去動它們。那些花也不可能無緣無故掉下來，一定、一定是被她剪掉的……」謝曉梅緊緊攢著拳頭，說到後來，語氣變得有點激動。

「算了，反正玫瑰還會再開，這件事就這樣吧。」葉心恬看了花圃一眼，毫不在意地擺擺手，下令女傭們不用再追究下去。

這決定讓謝曉梅吃驚地瞪大眼，她張著嘴還想反駁些什麼，卻迎來葉心恬高傲的眼神。

「同樣的話我不喜歡說第二遍。懂了嗎，曉梅？」

「是、是的。」面對那雙明媚卻又凌厲的眸子，謝曉梅瑟縮地吞下卡在喉嚨裡的句子，一股不滿悄悄在心裡滋生。

□

當葉家大宅因爲玫瑰事件而掀起一陣騷動時，歐陽明與左容正悠閒地走在人聲鼎沸的老街上。

雖然紫晶村的水晶礦脈已經枯竭，但在村長與村裡的大家族推動下，這座村子已成功轉型爲觀光景點。

原本歐陽明想要按著旅遊手冊的介紹，來個紫晶村土產與美食之旅，沒想到左容在得知他的行程後，竟然破天荒地開口要求同行，差點讓歐陽明吃驚地鬆開手裡的餅乾。

不過一路走下來，歐陽明深深體會到和左容逛街的好處。第一，左容本就沉默寡言，不會干涉歐陽明邊走邊吃這點；第二，左容耐性十足，就算歐陽明因爲一份土產而貨比三家的時候，她也不會有半絲怨言；甚至只要有她在，歐陽明在買東西時，女性店員都會再多打一些折扣。

「左容，妳眞是個好人啊。」

歐陽明手裡提著大包小包的土產，眨巴著一雙瞇瞇眼，臉上堆著滿滿的感動之情。不過仔細一看，就可以發現他的左頰似乎比右頰腫了一些——事實上，歐陽明今天早上是被花忍冬狠狠擰著臉頰，強迫清醒過來的。

一想到花忍冬那時候的猙獰表情，歐陽明忍不住縮了縮肩膀。

「哪像花花，我每次買個東西，他就唸個不停。」

左容沒有搭腔，只隨意地四處觀看，當她瞧見有販售小飾品的攤位時，就會停下腳步，挑揀起一、兩樣首飾。

歐陽明知道左容本就不愛說話，他也就是想要抱怨一下花忍冬，說了幾句之後，視線就跟著滑向左容所看著的那幾項物品——幾乎都是樣式比較簡單的手鍊、項鍊爲主。

「少年仔，你是要買給女朋友的嗎？」攤位老闆是個相貌憨厚的中年人，他笑嘻嘻地看著左容，熱情招呼。

「我沒有女朋友。」左容淡淡地說。

倒是一旁的歐陽明見到又是個誤認左容性別的人，忍不住轉過頭，掩嘴偷偷笑了起來。

「別騙阿叔我了，你長得這麼緣投，怎麼可能沒有女朋友？」中年大叔明顯不相信。

左容也沒多說什麼，只是將攤位上的幾條手鍊拿起來仔細觀看，不一會兒又輕輕放回去。她對老闆禮貌性地點點頭，示意一旁的歐陽明跟上腳步。

歐陽明捧著零食，瞧瞧前方的左容，又看看不明所以的攤位老闆，笑咪咪地拋下「頭家，她是女生啦」，留下一臉呆滯的中年大叔站在原處。

略過這個小插曲不談，左容又接連看了幾個攤位和店舖，直到快將整條老街走到底，眼角餘光忽然掃過一個不甚起眼的小攤位。

簡單的鐵架子搭成的攤位上，零散擺放著一些小飾品；攤位後則坐了一個戴著草帽、正在打瞌睡的老婦人。

左容走過去，也沒有特意吵醒那名老婦人，只是安靜地看著攤位上的飾品，一條擺放在角落的項鍊引起她的注意。

項鍊樣式簡單，銀色的鍊子底端綴著一枚小巧的菱形紫水晶。

「這個不錯，簡單大方，不管搭什麼衣服都很適合。」歐陽明好奇地湊過來，一瞧見這條項鍊後，笑著說道，「妳要買來戴的嗎？」

「不是。」左容將鍊子放在掌心上，認真看了看。

「買給左易？」歐陽明撓著頭髮，又猜了一個答案。

「我想買來送給春秋。」一說起那個名字，左容眸子便滑過一絲柔軟，將她原本冷漠的臉部線條軟化不少。

一向給人有距離感的左容在提到夏春秋時，周身氣氛總會不自覺地出現變化，歐陽明像是恍然大悟一般地笑了起來。

「小夏一定會喜歡這個的。」

「這樣啊。」左容微揚起唇角，看向攤位後正打著盹的老婦人，開口喚道，「婆婆。」

原本頭顱正一點一點垂著的老婦人像是被這聲低喚嚇到，反射性撐起半個身子，有點茫然地看向站在攤位前的客人。

當她看到左容拿在手上的項鍊時，恍然大悟地又重新坐回椅子上，擺擺手，漫不經心地說道，「那條項鍊兩千五。」

「咦？」歐陽明吃驚地瞪圓了眼睛，「紫晶村不是盛產紫水晶嗎？怎麼這裡的價格比外面賣的……還要貴。」最後三個字他識時務地含在嘴巴裡，畢竟在人家的攤位上喊商品太貴，顯得有點不給老闆面子。

「盛產水晶是三十多年前的事情了啦。」老婦人沒好氣地掃了歐陽明一眼，「少年仔，你們一定是外地客對吧。」

「嗯。」左容簡單地回了一個字。

「自從村子裡的守護神不見之後，我們紫晶村水晶礦脈的產量就已經少得不能再少了啦。眞是的，要來這裡參觀也不做點功課，現在的小孩子實在是……」

實在是怎樣，歐陽明也不知道，因爲一名身材微胖的中年婦女從老婦人身後的屋子裡匆匆走出來，只見她隨意將濕漉漉的雙手往圍裙上擦，一臉尷尬地朝老婦人喊道。

「媽，妳就別開玩笑了。那條項鍊才一千元，妳這樣亂哄抬價格，客人會被妳嚇跑的。」

「嚇跑就是他們不識貨。」老婦人哼了一聲，「就算村子裡的水晶量再稀少，品質也不是外地東西可以比的。」

中年婦女無奈地嘆口氣，接著對站在攤位前的左容露出一抹不好意思的笑。

「我媽就是喜歡開玩笑，這條項鍊只要一千元就好。」她一邊解釋，一邊抬眼覷著左容。就算她已年過三十，在面對那張好看的臉孔時，雙頰還是忍不住紅了紅。

一旁的歐陽明見狀，只能感嘆左容的魅力眞是無法抵擋。也幸好左易不在，不然殺傷力就變成兩倍了。

左容依舊一副淡漠的樣子，她從皮夾裡掏出錢遞給中年婦人，再接過被重新包裝過、放置在小盒子裡的項鍊。

老婦人顯然是懶得搭理女兒，將草帽拉低一些，讓陽光不會落到眼睛上，隨即兩眼一闔，準備繼續打盹。

歐陽明摸摸胖乎乎的雙下巴，在左容準備離開之際，終究還是壓不住心底的好奇，向中年婦人問道：「阿姨，紫晶村的守護神是怎麼回事？」

還不等中年婦人開口，原本以為進入閉目養神狀態的老婦人突地睜開眼睛，一副神采奕奕的樣子。

「少年仔，你這個問題問對人了啦。」老婦人的精神似乎被歐陽明的話題挑了起來，她一把摘掉草帽，露出那張爬滿皺紋的面龐。

「媽……」中年婦人喊了一聲，只可惜起不了太大作用。

「妳安靜啦。這年頭難得會有小孩子問起村子裡的事，不好好講解就太說不過去了。」老婦人回頭訓了女兒一頓，隨即轉過頭，咧開乾癟的嘴唇，「來來來，我告訴你們。我們紫晶村以前有一個守護神，祂就住在山上，凡是有祂足跡出現的地方，就會發現紫水晶的礦脈。那時候村子多富裕啊！」

「不過好景不常，從三十年前開始，村人就再也沒有發現過守護神的足跡，也越來越難挖到紫水晶。大家都在猜測，守護神是不是不要我們這座村子了。」

「是這樣嗎？」歐陽明拆了一包餅乾，正喀啦喀啦地咬著，一雙瞇瞇眼透出疑問。這段歷史在他聽來，就只是因爲礦脈被過度挖掘，所以紫水晶才會日漸稀少，跟守護神好像沒關係吧？

「小孩子不要插嘴啦！」老婦人不高興地瞪了一眼，繼續說，「你們知道師婆這個職業嗎？我告訴你們，就在守護神完全失去蹤影的同一時間，我們村子裡的師婆也失蹤了……」

「好了啦，媽！」中年婦人終於忍不住出聲打斷母親的談興，「鄭師婆的事沒必要讓外地人知道吧。」

歐陽明咬著餅乾，好奇地瞧著這對母女。

或許是因爲女兒語氣嚴厲了幾分，老婦人不禁低聲咕噥幾句，但也不再繼續往下說了。

中年婦人臉上堆起笑，有些笨拙地扯開話題，「你們是住在哪家旅館？如果是我熟識的，我可以請老闆幫你們打個折喔。」

「不用了啦，阿姨。」歐陽明笑呵呵地說道，「我們是住在朋友家。她姓葉，不知道阿姨妳認不認識？」

「葉？」中年婦人輕喃這個字，下一秒，忽地睜大眼，「該不會……你們是心恬小姐的朋友吧？」

「原來阿姨妳也認識小葉喔？」歐陽明笑瞇了一雙眼，雙下巴也跟著震動幾下。

「全村子的人都認識葉家人。」那是一種彷彿又敬又畏的語氣，「在礦脈枯竭之後，如果不是他們幫忙推廣紫晶村的觀光，這個村子的人口或許早就流失光了。」

「感覺真偉大。」歐陽明讚歎地說。不過他畢竟不像花忍冬對八卦有著異常熱情，因此對於中年婦人的發言也只是聽聽，並沒有起了想要去打聽葉家傳聞的心思。

惦記著左容還在一旁等著，歐陽明笑笑地向對方揮揮手，便與左容一塊離開老街。

「眞是奇怪，人都跑哪裡去了？」

葉心恬漫不經心地在走廊上東張西望，細白的雙足踏在紅絨地毯上，每個步伐都讓人聯想到舞蹈般的輕巧。

她困惑地看了看花園，除了那些嬌艷綻放的花叢之外，並沒有看到任何人影。

葉心恬微微噘起了嘴唇，手指捲著髮梢，不喜歡一個人被丟下來的感覺。

一路上她與數個女傭擦身而過，但從她們口中得到的消息，大多是「林綾小姐與忍冬少爺一塊出門了」、「沒有看到左易少爺」、「歐陽少爺與左容小姐外出」。

「左容跟歐陽？眞是奇怪的組合。」葉心恬咕噥一聲，對於林綾與花忍冬一同外出倒是不覺得驚訝。

不過聽來聽去，就是沒有獲得夏春秋與夏蘿的消息，這讓葉心恬不禁疑惑地蹙起眉。彷彿在回應她心裡的疑惑，一道溫婉的嗓音從後方響起。

「小姐，您在找您的同學嗎？」

葉心恬轉過頭，看見鞏惠蘭正對她溫和微笑。

「惠蘭姨，妳知道小夏他們在哪裡？」她不禁訝異地問道。

「如果是春秋少爺與夏蘿小姐的話，他們在二樓的寢室裡。」鞏惠蘭雙手交疊在小腹前，恭敬而有禮。

「咦？」葉心恬忍不住眨了眨眼，有些不確定地再問一次，「小夏他們在房間裡？眞是奇怪，我敲門時明明就沒人回應。」

「春秋少爺他們本來是在花園裡散步，後來有傭人來稟報，說在經過走廊時，聽見他們房裡有手機在響。」

剩下的話不用明說，葉心恬也知道了。她向鞏惠蘭道了聲謝，正準備離開走廊，對方卻突然出聲喊住她。

「小姐，待會我會出去一趟，如果您有事找我的話，可以打手機給我。」

葉心恬回首看了眼姿態恭謹的女管家，並沒有追問她的私事，只點點頭，說了一句「我知道了」。

她一邊往回走，一邊在心底盤算著接下來的行程。雖然屋裡只剩下夏家兄妹，不過就某種意義上，這兩人反而是最容易帶出去東跑西跑的玩伴。

左容、左易就別說了，一個冷淡、一個桀驁不馴；而對歐陽明來說，吃的永遠比玩的還要有吸引力。雖然林綾個性溫婉好相處，卻是一個很有主見的人，如果是她沒興趣的事，就算用大象來拖也是沒有用的；至於花忍冬……葉心恬直接跳過對方。

渾然不覺得自己的想法對花忍冬有多失禮，葉心恬走上樓梯，來到夏家兄妹的房前，隱隱約約可以聽見屬於夏蘿的稚氣聲音從裡頭傳出。

葉心恬一喜，舉起手敲敲門，很快地，緊閉的房門就被人由裡頭打開來。出來應門的人是夏春秋，看到門外站著葉心恬時，他的眼底有一抹訝異。

「怎麼了嗎，小葉？」

「我今天沒什麼事，所以來找你們。小蘿呢？」葉心恬探頭往房內一看，發現夏蘿站在窗邊，將手機貼在耳邊，正與誰講著電話，那顆小腦袋不時還會點幾下，像是在附和著手機另一端。

「哎，在講電話呀？」

推測夏蘿應該不會那麼快結束通話，葉心恬明媚的大眼轉了轉，忽然一把拽住夏春秋的手，將他拉出房間。

兩人站在走廊上，只要壓低聲音交談，房內的夏蘿就不會聽到對話內容。

雖然不了解葉心恬的舉動，但夏春秋也沒急著掙脫她的手，安靜地等待她的下一步。

葉心恬瞧了瞧走廊周圍，確定沒有其他人會突然出現——例如左容——才終於鬆開夏春秋的手。

「就是……」她像是有些猶豫地抿抿唇，「你知道小蘿昨天晚上有到花園裡嗎？」

雖然先前葉心恬壓下了女傭們的猜測，不過夏蘿半夜出現在花園被謝曉梅撞見，卻是不爭的事實。想了想，她還是決定從夏春秋這邊詢問事情的狀況。

夏春秋先是愣了一下，隨即難爲情地抓抓頭髮，「抱、抱歉喔，小葉，是不是我昨天吵到妳們睡覺了？」

「咦？」這個出乎意料的回應讓葉心恬挑高柳眉，差點懷疑起她跟夏春秋是不是在雞同鴨講。

「是這樣的……」夏春秋思考了下，決定採用夏蘿昨晚對左易說過的夢遊藉口，好讓兩人出現在花園一事顯得合情合理。

「原來小蘿會夢遊啊。」葉心恬瞧了眼房裡的小女孩，一想到平常沒什麼表情的夏蘿會這樣，她不禁覺得對方眞是可愛得不得了，忍不住輕笑一聲。

「小葉，妳怎麼會知道小蘿昨天跑到花園裡？」夏春秋想到葉心恬既然沒有聽見他昨天晚上製造出的聲響，又怎會知曉這件事。

「沒什麼，只是有女傭看到，所以通報我一聲而已。小夏你不用太在意。」

「這樣啊。」夏春秋鬆了口氣地露出笑。

葉心恬正準備向夏春秋提出門的計畫，就看見房裡的夏蘿忽地快步往他們走來。

「哥哥。」夏蘿將手機遞還給夏春秋，仰起小臉說道，「下星期一是媽媽的忌日，爸爸要我們回家一趟。」

「嗯嗯，好。」夏春秋摸了摸夏蘿的頭髮，神情流露出深深的懷念。

反倒是站在一旁的葉心恬聽到這句話，掩不住訝異地瞪圓了眸子。

「小夏你……」她欲言又止地說了三個字，剩下的話卡在喉嚨裡，不知該不該說出來。

「啊，小葉妳不用在意。」看出葉心恬想探詢卻又顧忌的眼神，夏春秋朝她溫和一笑，「我們的母親已經過世好幾年了，現、現在提起，也比較不會像以前那樣難過了。」

「小夏，你媽媽過世多久了？」葉心恬輕聲問道。

「已經五年了。」夏春秋微瞇著眼，就像是陷入回憶裡，「那時候爸爸好辛苦，除了要處理喪事，還要照顧我們。幸、幸好有小姑姑幫忙，不然還真不知道該怎麼辦。」

葉心恬聽著聽著，總覺得有哪裡不太對勁，再思索先前夏春秋所說的話，才發現問題出在哪邊。

「你母親那邊的人呢？」

「這個……我就不太清楚了。」夏春秋有些不好意思地說道，「聽小姑姑說，媽媽好像是、是跟爸爸一塊私奔的……」

「哇喔！」葉心恬低呼一聲，一雙漂亮眸子睜得大大的，「你媽媽眞有勇氣。」

這一次，夏春秋臉上的笑容也跟著明亮不少。對於雙親的羅曼史，他雖然只知道個大概，不過在那個年代，女孩子想要隨男方私奔，正如葉心恬所說的，需要很大的勇氣。

葉心恬看看夏春秋，又低頭打量夏蘿蒼白卻五官精緻的小臉蛋，笑著說道，「你們的媽媽一定是個大美人。」

聽見這番話，夏春秋有些害羞地笑了笑。

夏蘿則是認眞地說道：「媽媽非常非常地漂亮，爸爸說，媽媽是村中的第一美女。」

「這樣會讓我很好奇呢。」葉心恬揉揉夏蘿的黑髮，「眞想看看小蘿、小夏的媽媽。」

「我下次把媽媽的照片帶、帶過來給小葉看吧。」夏春秋說道。

「夏蘿也會帶好多張的照片給小葉姊姊看。」一旁的夏蘿也點點頭。

葉心恬滿懷期待地想像了下兩人的母親，接著又像是想到什麼，將右手握成拳，放在下巴輕咳了咳。

「小夏，小蘿，你們待會有預定要去哪裡嗎？」

夏家兄妹同時搖頭，向葉心恬遞去一記好奇的眼神。

瞧著他們的反應，葉心恬有些得意地翹起紅潤的嘴唇。她左手拽住夏春秋，右手牽起夏蘿的小手，以鄭重其事的語調宣布。

「我今天剛好沒事，就帶你們去月牙湖逛逛吧！」

第五章

「嘿咻！」

將水桶裡的最後一疊衣服扔進洗衣機裡，蓋上蓋子，再按下啓動鍵，早已經設定好的洗衣機登時運轉起來，謝曉梅這才吐出一口氣，抬手擦擦汗。

總算，是可以暫時偷空一下了。

聽著洗衣機裡傳出的注水聲，謝曉梅看了下顯示數字的電子儀表板，要等到一個多小時，衣服才會全部洗好。

從洗衣房窗外射入的陽光既溫暖又明亮，明明是下午時分，但或許因爲正值夏季，從天色上一點也看不出正確的時間。

謝曉梅想著白天的工作都完成得差不多了，趁洗衣服的這段空檔，就去花園走走吧。

她當下不再猶豫地拉開玻璃門，興沖沖地準備踏入屋內，好從後門通往花園。

只是她一抬頭，望見的正好是自己映在玻璃門上的臉孔。在日光下顯得格外明顯的雀斑，令人難以留下深刻印象的平凡五官……那是一張怎麼看，都無法與美麗扯上邊的臉。

謝曉梅看著倒映在玻璃門上的自己，悲哀地咬住嘴唇。恍惚間，她似乎還看見另一張臉出現在自己旁邊。

與自己截然不同的美麗臉孔，嘴唇粉嫩飽滿，即使是發怒也無損一絲美貌。那是這個家的主人，葉心恬，唯有她，方能如此得天獨厚。

「眞好，我也想擁有那麼漂亮的臉……」紮著包包頭的女孩低聲地、羨慕地、難過地說。

就像是不想再看見自己的臉，謝曉梅低下頭，匆匆離開洗衣房、離開主屋，來到佔地廣大的花園。

走在鋪著青石板的小徑上，看著眼前盛綻的美麗花朵，謝曉梅吸了一口新鮮空氣，覺得方才堆聚在心頭上的晦澀情緒，似乎也因此消散不少。

驀然間，謝曉梅停下前進的腳步，有絲遲疑地朝四周望去。她覺得自己好像聽見什麼聲音，可是放眼一看，花園裡確實只有自己一人。

是錯覺嗎？

謝曉梅努力地聽，想找到一點蛛絲馬跡，可惜毫無所獲。最末，她只能認爲眞的是自己聽錯了，或許剛好是風吹過的聲音吧？

於是停頓的腳步重新抬起，但走不到幾步，她又停了下來。謝曉梅呆立原地，眼眸因爲吃驚而大睜，她眞的聽到聲音了。

絕不是風聲，那聲音斷斷續續的，像是孩童尖細的聲音……沒錯，就像是小孩子在笑！

謝曉梅腦海猛地浮上一張臉，對方皮膚蒼白、眼睛黑亮黑亮的，安靜不太愛說話。

難道說，是昨晚在花園看到的小女孩嗎？

叫什麼名字？好像，叫夏蘿來著？

謝曉梅踏進花園前，壓根沒注意葉心恬的同學們是否有留在屋裡，更不用說特別去注意夏蘿。

只要一想到那個黑髮白膚、面無表情的小女孩，她心底忍不住滑過一抹陰鬱。

如果不是因爲對方，她又怎會平白無故地挨上葉心恬的罵？

造成她心情不好的罪魁禍首，居然還在花園裡笑得那麼開心。該不會……又在偷偷剪掉哪邊的花了？

她越想越覺得這個可能性很高，於是加快腳步往前走。她要把對方剪花的畫面拍下來，然後讓葉心恬看看什麼叫作罪證確鑿。

妳瞧，就是因爲妳的姑息，這個小女孩才會一犯再犯。

紮著包包頭的年輕女孩彎了彎唇角，左右張望了下，想要盡快找出笑聲來源處。

找到了，就在左手邊！

怕自己製造出太大動靜，讓對方逃走，謝曉梅還屏著氣，一步一步地靠近。

當她來到一處花叢前，總算知道自己剛才爲什麼會沒看見花園裡還有第二人。笑聲就是從這起碼有半人高的花叢後傳出來的，這表示聲音的主人藏於花叢後。

謝曉梅放輕腳步，小心翼翼地繞過花叢。果然沒錯，她看見一抹小小身影蹲在地上，臉蛋低垂，末端微鬈的長髮滑在肩膀上，她的左右手各拿著一隻兔子娃娃，一邊擺動它們，一邊用自己的聲音替它們配音，不時發出清脆的笑聲。

但是，不是夏蘿。

謝曉梅一愣，她完全沒有想到，躲在花園裡的會是個陌生小女孩。她呆立不動，一時無法做出反應。

半晌過去，謝曉梅猛然驚覺到，這裡可是葉家大宅，她是葉家的傭人，不該只是呆站著不動。

「小妹妹，妳……」謝曉梅剛彎下身、問出話，那顆低垂的小巧腦袋就像是現在才發覺到有自己以外的人在場，倏然驚嚇地抬起。

那是一張稚氣的白皙臉蛋，有著大大的眼睛、紅紅的嘴唇，看起來很是可愛。

似乎是覺得自己用兔子娃娃玩家家酒的舉動太孩子氣了，小女孩紅著臉，試圖將娃娃藏在身後，長長的睫毛搧呀搧的。

這可愛的模樣讓謝曉梅的心都要融化了，小孩子就該要有小孩子的模樣，面無表情還不大搭理人的孩子，一定是家教有問題。

「大姊姊，妳剛剛什麼也沒有看到對不對？」小女孩扭捏地問，卻沒注意到其中一隻兔子娃娃的耳朵從背後露了出來。

謝曉梅憋著笑，努力擺出嚴肅的姿態。

「妳是誰家的小朋友？怎麼會跑到這裡來？這裡是別人的花園，沒有經過這裡主人的同意，不能隨便跑進來啊。」

「是屋子裡的漂亮大姊姊說我可以在這邊玩的。」小女孩一邊說，一邊想要伸手比向主屋，結果卻讓手裡的兔子娃娃暴露在謝曉梅眼前，那張粉嫩的小臉蛋頓時變得更紅了，像是可口的紅蘋果。

謝曉梅卻讓她話裡的關鍵字引去注意力。漂亮大姊姊？她第一個想到的就是長相明媚的長鬈髮少女。

「是葉心恬……大小姐嗎？」她原本想要連名帶姓地喊，但一想到如果這個小女孩與葉心恬感情很好的話，將她說過的話轉述給對方聽就糟糕了，於是又硬生生補上「大小姐」三個字。

「是葉心恬，但不是大姊姊所想的『葉心恬』喔。」小女孩蔫地笑了，那笑容不再如先前的羞澀，反倒透出一股神祕感。

「什麼？」謝曉梅聽得一頭霧水。

「大姊姊，我想去溫室，妳可以陪我過去嗎？」小女孩眨巴著眼睛問，先前的表情就像是曇花一現，又恢復成天真可愛的模樣。

「妳要去溫室做什麼？」謝曉梅有些跟不上她跳躍的思考。

「去溫室，就不會被人看到了。」小女孩害羞地扭動了下身體。

雖然她沒有明確地說出是被人看到什麼，不過謝曉梅卻是一片瞭然地看向她藏在身後的兔子娃娃。

既然這個孩子連溫室都知道，想必不是第一次跑進花園裡，也許就像她所說的，是葉心恬讓她進來大宅玩的……

「我可以帶妳去溫室，不過妳要答應我，絕對不可以弄壞裡面的東西。」謝曉梅板著臉說。

「嗯嗯，不會的，我可以跟大姊姊蓋印章。」小女孩舉起右手抓著的兔子娃娃，甜甜地說道。

謝曉梅噗哧一笑，在對方滿心期待的注視下，將大拇指往兔子娃娃的手掌按上去。

溫室與花園的距離其實不會太遠，不過必須從另一條路徑繞過去。

小女孩用左手夾住兩隻兔子娃娃，空出來的那隻手則讓謝曉梅牽著。

兩人一路上說說笑笑，很快就看見那座由玻璃搭建而成的溫室矗立在前方不遠處。日光照射下，整座透明的建築物彷彿也因此跟著閃閃發亮。

眼見目的地就在前方，謝曉梅發現到有影子從轉角處映在地上，顯示著有人要自轉角後走出來。

是誰？謝曉梅腳步稍稍一頓，猶豫著是否要避開。

如果是葉心恬就算了，至少她可以將小女孩交給對方；但如果是其他女傭，就得花時間解釋一番。

在這個猶豫的當下，那人已從轉角後走了出來。

那是一名紅髮少年，俊美的臉孔上透出一絲桀驁不馴，染過的髮絲在陽光下泛著暗紅光澤。

少年就像是發光體，教人看了移不開目光。

謝曉梅下意識屏住呼吸，只覺得心臟在撲通撲通地跳，臉皮在發燙。她看著左易雙手斜插在口袋裡，戴著耳機，漫不經心地朝著自己所在的位置越走越近。

謝曉梅不知道自己其實已是滿臉通紅，她鼓起勇氣，害羞地站到他身前，想向紅髮少年打聲招呼。

「左……」

左易原本垂著眼，隨意在花園裡走走，但走到這邊時，一道細瘦身影卻突然站到他身前。被迫停下步伐的他抬起眼，瞧見是謝曉梅之後，挑高眉，狹長的眼透出一抹不耐煩。

「滾開，別擋路。」

就算是在葉家大宅，左易的個性也沒有因此收斂，他冷冷睨了對方一眼，毫不客氣地甩出話。

謝曉梅頓時刷白了一張臉，剩下的字句全卡在喉嚨間，無論如何也無法吐出。原本興奮的心情像是被狠狠潑了一盆冷水，消失得無影無蹤。

見著謝曉梅微微顫著肩膀，僵立在原地，左易輕彈了下舌頭，乾脆從她身旁直接繞開，看也不看她一眼。

謝曉梅咬住下唇，難堪地垂下頭，眼眶好像有股熱意襲上。左易方才的言語就像是一把尖銳的錐子，不客氣地扎進她的心底。

「大姊姊？」似乎察覺到謝曉梅的異樣，小女孩輕拉了下她的手。

「不，沒事……我沒事。」謝曉梅勉強扯出一絲微笑，但那笑很快又因爲巨大的沮喪和難過，撐不了多久又退下，「我這就帶妳到前面的溫室去。」

謝曉梅不願逗留原地，拉著小女孩的手，快步向前走，胸口充斥的是滿滿的悲哀，還有怨怒。

她明明就是對左易抱有好感的，爲什麼對方卻連一眼都不肯多看？果然，果然是因爲她長得不起眼……如果她有像葉心恬那樣美麗的臉……

淚霧在眼前散開，謝曉梅咬著唇，沒有再回頭。

□

謝曉梅帶著小女孩前往溫室的時候，葉心恬正興高采烈地領著夏春秋與夏蘿走在一條小路上。

兩旁是許多高聳樹木，一些蕨類植物從泥土裡鑽出來，纏繞在它們之上。深綠、淺綠、濃綠、淡綠，許多相近卻又有些不同的綠色密布在森林裡，放眼望去，幾乎有被一片林海淹沒的錯覺。

瞧著四周幾乎讓人分不清東南西北的茂密植物，夏春秋緊緊牽著夏蘿的小手，終於忍不住出聲問道，「小、小葉，妳確定妳沒走錯路嗎？」

葉心恬挑高眉毛，回頭睨了他一眼，「我來這裡那麼多次了，怎麼可能會走錯路？這是捷徑，捷徑！」

但是，這條所謂的捷徑落在夏春秋眼裡，卻像是通往迷宮的道路一樣。老天啊，他連要怎麼回去都不知道了。

彷彿瞧出夏春秋的不信任，葉心恬不高興地皺起眉，乾脆一把拽住他的手，不管身後人發出的驚叫，只是埋著頭繼續往前衝。

大約又走了五分鐘，葉心恬撥開擋在眼前的樹叢，領著夏家兄妹從裡頭鑽出來。

「怎麼樣，就跟你說我走的是捷徑了。」她輕哼兩聲，鬆開夏春秋的手，明媚的眸子裡滿是得意。

「好、好漂亮喔！」夏春秋眨也不眨地看著眼前展開的一片湛藍，或許也可以說是一片碧綠。

那是一座清澈到幾近見底的月牙狀湖泊，就是因爲太清澈了，如鏡面般的湖水才能忠實地呈現出藍天與周邊樹木的顏色。

似乎被波光粼粼的湖水所吸引，夏蘿忍不住鬆開兄長的手，走到湖邊蹲下身子。

「有魚。」夏蘿認眞地盯著水裡的小魚，身體隨著魚的游動而向前傾了又傾。

夏春秋顧不得再欣賞美景，忙不迭走到夏蘿身後，兩隻手按在她的肩膀上，以免人不小心栽進水裡。雖然岸邊水不算太深，但弄濕了衣服，還是很容易感冒的。

「這裡很漂亮吧？」葉心恬雙手負在身後，慢悠悠地走到夏春秋身旁，「我以前心情不好的時候就會到這裡來，只要坐在湖邊看著湖水、看著天空，心情就不知不覺變好了。」

夏春秋心有戚戚焉地點點頭，光是看著倒映在湖上的瀲灩景色，堆積在心裡的不愉快似乎就可以一掃而空。

「可惜林綾跟著花花出門了。」葉心恬噘著嘴，對於一早就被室友丟在房裡的事感到小小不滿，「不然就能讓她看到這麼漂亮的景色了。」

「小葉姊姊，明天可以再來嗎？」蹲在地上的夏蘿仰起頭，「夏蘿喜歡湖。」

「當然可以。」被夏蘿那雙圓黑眸子專注地盯著瞧，葉心恬立即眉開眼笑地應允下來。

「那、那……小葉，明天再帶林綾他們一起來看湖吧。」夏春秋提議道，「在這裡野、野餐應該很不錯。」

「野餐嗎？」葉心恬有些心動。在這麼美的景色下聊天吃飯，一定是很有趣的事。她一邊在心底盤算著回家後要吩咐廚師準備餐點，一邊不經意讓視線游移至湖邊。

隨即她注意到不遠處的枝葉正在微微晃動，不像是被風吹動的搖晃，反倒像是……

察覺到葉心恬抿著嘴唇，明媚的臉龐浮現警戒，夏春秋連忙將夏蘿拉進懷裡，同時順著對方的視線看過去。

只見一條手臂撥開枝葉，隨即從樹叢後走出一抹他們再熟悉不過的身影。

「小姐？」鞏惠蘭顯然也看到站在湖邊的三人，訝異問道：「您怎麼會在這裡？」

「我帶同學來月牙湖走走。」葉心恬注意到鞏惠蘭提的籃子裡露出了水果與方巾，「惠蘭姨，妳說有事要辦，是……」

「我是來這裡祭拜我祖母的。」鞏惠蘭和藹地笑了笑。

「咦？可是惠蘭姨的祖母不是——」葉心恬的話說到一半，隨即意識到什麼，硬是將後面的句子含在舌尖。

瞧著葉心恬欲言又止的模樣，夏春秋困惑地看看她，又看向朝他們走近的鞏惠蘭。

「小姐介意春秋少爺他們知道村子裡的事嗎？」鞏惠蘭柔聲問道。

「有什麼好介意的？」葉心恬先是狐疑地挑高眉，但下一秒像是想起了某件事，神色突然變得有些微妙，「惠蘭姨，妳要說的，該不會是跟守護神相關的事吧？」

「守護神？」夏春秋疑惑地咀嚼這三個字。

「是的。」鞏惠蘭眉眼染上回憶的色彩，輕輕嘆了口氣。不過在開口敘述這件事之前，她從籃子裡拿出一條方巾，將它攤平於草地上。

在鞏惠蘭微笑示意下，夏春秋三人坐在方巾上，聽著她用溫和的嗓音娓娓述說起關於紫晶村、關於守護神，以及關於一位鄭姓師婆的事……

很久很久以前，那是紫晶村還不叫紫晶村的時代。相傳，山裡住著一頭似獸非獸的生物，並且能口吐人言。牠總是會在村人迷路於山中的時候出現，指引著下山的道路；有時候還會在地面留下足跡，告知礦脈所在。只要遵循牠的足印，村人往往可以挖掘到質地良好的紫水晶。

爲了感念牠的恩澤，村人便尊稱牠爲守護神。而村子也改名爲紫晶村，顧名思義就是盛產紫水晶的村子。

豐富的紫水晶礦脈讓這座小村子曾繁榮於一時，是的，曾經。就在三十多年前，村人們找不到守護神的足跡了。不管怎麼祈求、怎麼祭拜，守護神就像是平空消失一般。

而與守護神同一個時間點失蹤的還有一人，就是村子裡倍受尊崇的鄭師婆。

守護神仍舊存在時，鄭師婆的工作除了替村民消災解厄之外，就是負責聆聽守護神的旨意，並且與其溝通。

因此，當守護神與鄭師婆雙雙不見後，村民無可避免地將猜疑的矛頭指向鄭師婆，懷疑是她觸怒了守護神……或是，她帶走了守護神。

鄭師婆的丈夫早已過世，女兒、女婿也因病早逝，一雙孫女兒是由她親自拉拔照顧的。鄭師婆一失蹤，她的孫女頓時變得無依無靠，更由於村民懷疑守護神失蹤一事與鄭師婆有關，懷疑是她讓紫水晶的礦脈漸漸枯竭，是她讓村子由原本的繁榮走向蕭條，她的孫女自然成了村民責難的對象，飽受村人冷眼相待。

最後，葉家伸出了援手，將她們帶到外地的宅子裡照顧，直到她們成年之後才停止金錢上的救濟。

在那之後，鄭師婆的大孫女再也沒有回到紫晶村；而小孫女因感念葉家的幫助，高職畢業之後，在葉家大宅當起傭人。

由於鄭師婆是在三十多年前突然失蹤，不知是生是死，她的小孫女便偷偷在月牙湖周邊的森林裡立了一塊墓碑，聊表悼念之意。每年這個時候，她都會隻身一人來到這裡祭拜。

只是沒想到這一次，會恰好遇上了葉心恬和她的朋友們。

聽完整件事的來龍去脈後，葉心恬瞅著鞏惠蘭有些惆悵的神情，一時也不知該說什麼。她一直以爲村子裡的守護神只是無稽之談，卻沒想到鞏惠蘭曾因爲守護神一事深受其苦。

葉心恬沒有開口，身爲外地客的夏春秋也不好說什麼。

注意到氣氛沉默了下來，鞏惠蘭溫和說道，「小姐，我很感謝您的祖父收留我與姊姊，沒有葉家，也就不會有現在的我們。不是有一句話是這麼說的嗎，好人都會有好報的，一定是因爲您祖父的善心，所以在三十多年前礦脈枯竭的時候，葉家才沒有受到太大影響，對外發展的生意反而蒸蒸日上。」

「妳這樣一說，好像也是……」葉心恬想起小時候常聽父母講起祖父是被上天眷顧之人，不管經營什麼生意幾乎都不會失敗。

「小姐，我還有些事要回去處理，先一步離開了。您們慢慢玩，晚些見。」鞏惠蘭微笑地站起身。

「嗯，好。」葉心恬回以一個笑臉，目送對方的身影漸漸被綠意吞沒。

□

在與月牙湖相距一公里遠的老街上，花忍冬一會瞅瞅走在前方的林綾背影，一會瞧瞧街道旁的攤販，雙手插在口袋裡，秀氣的臉孔帶著笑意，細長的狐狸眼瞇得更細了。

雖然林綾只是漫無目的地隨處走走，從出門到現在，他們幾乎逛遍整座村子，但花忍冬卻甘之如飴。

瞧著因爲穿著無袖上衣而露出細白手臂的林綾，花忍冬看著看著，又忍不住臉紅心跳起來，眼前的美景就足以安撫他今天早上起床時的不愉快了。

雖然花忍冬沒有低血壓，起床氣也不算大——在他們這群人之中，左易的起床氣最是讓人退避三舍，砸壞鬧鐘幾乎是家常便飯了——但他今早睜開眼的時候，卻發現兩件讓他錯愕的事情。

第一，他是睡在地板上。第二，他覺得全身又痠又虛，四肢無力。

花忍冬哼哼唧唧地從地板上坐起來，一檢查自己的身體，立時發現手肘與小腿多了好幾處瘀青。他下意識將視線轉向床鋪，卻看到歐陽明那個小胖子睡得正香甜，被子都被捲成了一團，只露出一顆頭來。

花忍冬氣炸了。憑什麼他在地板上躺了一晚，睡到身體不舒服，歐陽明卻幸福地霸佔了整張床、整條被子？

腦子裡只想著要怎麼教訓歐陽明，花忍冬對於前一天半夜發生的事情已毫無印象。他忘記了客廳裡的歌聲，忘記了抱著娃娃的小女孩，他只記得自己肚子餓睡不著，但究竟有沒有離開房間去覓食，記憶卻是模模糊糊的。

不過他也懶得去追究這件事，比起去在意自己昨天有沒有離開房間，不如在意今天早上爲什麼會從地板上醒來。

瞧著睡得猛打呼嚕的歐陽明，花忍冬恨恨地瞪了他一眼。身體又瘦又無力的不適感讓他扭曲了原本秀氣的臉孔，眉眼間透出幾分猙獰。

花忍冬走到床邊，低頭俯視著睡得一臉幸福的歐陽明，伸手往那充滿肉感的臉頰用力一擰——

是的，用力一擰。

正因爲花忍冬今天身體狀況不太好，有些虛弱，他才會覺得自己有必要用上更多的力氣，以求達到平常的效果。

「媽呀！」殺豬似的慘叫頓時響徹整個房間，歐陽明猛地彈跳而起，吃痛地按著左臉，一雙小眼睛已是水氣瀰漫。

「哼哼，這是把人家踢下床的後果。」花忍冬輕哼一聲，拍拍手，看也不看歐陽明可憐兮兮的表情，自顧自地去刷牙洗臉。

歐陽明只能委屈地揉了揉被捏出紅印子的臉頰，等疼痛消散一些之後，又重新縮回被子裡，再次接受周公的召喚。

當花忍冬梳洗完畢，從盥洗室走出來時，瞧見的就是將棉被捲成麻花捲的歐陽明。他彈了下舌頭，決定讓這個小胖子在床上自生自滅。

就在花忍冬吃完早餐，正思考著今天的行程時，恰好遇見一身輕便打扮的林綾。瞧著她拎著包包一副要外出的模樣，花忍冬自然二話不說地跟上去，身體不適什麼的就先拋諸腦後吧，反正他的恢復力一向挺好的。

這也就成了花忍冬與林綾一塊行動的情況。

花忍冬笑瞇著一雙眸子，利用自己落後林綾一步的距離，光明正大地將少女優雅的身影收進眼中。

只不過一時看得太專心，林綾突然停下腳步、回過頭來的時候，花忍冬便收勢不及，險些和她撞在一塊。

「花花。」林綾有些傷腦筋地挑起眉，及時伸手擋住了花忍冬前傾的身子，「走路要專心一點。」

「人家很專心啊。」花忍冬小聲嘟囔，不過很顯然，他的專心是指另外一件事。

林綾粉色的嘴唇彎了彎，也不多說什麼，只是自顧自地往前走。

「林綾，妳不繼續逛了嗎？」花忍冬連忙追上去，和她並肩而行。

「嗯，都看得差不多了。」林綾嗓音溫婉，像極了淙淙流水，落在空氣裡彷彿可以蕩漾出陣陣漣漪，「你如果還想逛的話，不用陪我也沒關係。」

「其實人家也逛夠了。」花忍冬笑咪咪地說，順勢抬起手掌，在頰邊搧了搧風，「天氣這麼熱，咱們還是早點回去休息吧，妳如果不小心中暑就糟糕了。」

林綾瞥了他一眼，臉上掛著淡淡笑意，一邊走，一邊和花忍冬聊上幾句。

面對只有兩人獨處的情況——花忍冬自動將身邊的路人無視掉——浮現在眉眼間的愉悅越來越盛，簡直像是臉上笑開了一朵花似的。

離開熱鬧的老街後，周遭建築物逐漸變得稀疏，身邊的遊客也少了許多。

約莫過了十分鐘，眼角望去的景色已帶上綠意，偶爾才能看見幾棟房子坐落在那片綠意裡頭。

再繼續往下走，則會看到一座小小的公車候車亭。

當兩人距離候車亭只剩不到十公尺時，低沉的引擎聲忽地從身後傳來，由遠而近，漸漸變大，甚至還夾雜著幾聲喇叭聲。

花忍冬回過頭，瞧見有公車正在接近候車亭，連忙拉著林綾向旁邊一退。只不過，從那輛老舊公車排氣管噴出的白煙，還是避無可避地湧了過來。

老舊的公車門先是發出喀啦喀啦的聲音，接下來卻傳出砰咚砰咚的聲音，最後是一聲帶著狼狽的男中音響起。

「嗯？」花忍冬疑惑地看過去，一瞧清發生什麼事之後，秀氣的臉龐頓時浮現錯愕。就連林綾都有些訝異地張大美眸。

映入他們眼底的，是一名狼狽跌坐在地的褐髮男人，身邊還躺著一只咖啡色行李箱。很明顯，砰咚砰咚的聲音就是行李箱從公車階梯上摔下來所造成的。

不過，公車司機顯然一點都不關心這名下車的乘客，車門關了起來，然後排氣管再次噴出白煙，很快地從他們眼前揚長而去。

簡陋的候車亭前，只剩下花忍冬、林綾，以及剛才不小心踩空階梯、此時跌坐在地的男人。他的一隻鞋子甚至甩脫出去，落在離他不遠處的地面上。

「呃，先生，你還好吧？」花忍冬很快回過神來，大步走向前，朝男人伸出手，「站得起來嗎？」

「沒事沒事，只是不小心跌下來而已。」男人回給花忍冬一抹不要緊的表情，一骨碌地從地上爬起。

在男人拍著衣服上的塵土，整理凌亂的衣領之際，花忍冬不經意看見對方鎖骨上有著一枚形狀特殊的印子。

但他也只是匆匆一瞥，視線就移到褐髮男人的臉上。

男人有著一張英俊端正的臉孔，五官深邃，一副精明幹練的樣子。只是對照起數分鐘前從公車上摔下來的模樣，花忍冬深深覺得，那副外表只是假相。

這年頭，看人果然不能看外表的啊。花忍冬有所感悟地點點頭，渾然忘記自己也是內外落差極大的人。

瞧著男人笨拙地撿回先前飛出去的鞋子，抱著一隻腳在地上跳來跳去，試圖穿上鞋子，花忍冬都不好意思嘲笑對方了。

直到確認男人沒有什麼大礙後，林綾才柔聲開口：「先生，你的行李箱看起來很重的樣子，需不需要我們幫你的忙？」

花忍冬覺得就算他們有心想幫忙，一般人聽見陌生人說出這句話，也不會輕易答應吧，畢竟防人之心不可無，誰知道下一秒行李箱會不會被人搶走？

如花忍冬所猜想的，男人笑著搖搖頭，只是他的回答倒是出乎他的意料。

「這樣太不好意思了，我怎麼可以讓小孩子拿這麼重的東西。」男人爽朗一笑，表情既誠懇又真摯。

面對男人散發出來的穩重氣息，花忍冬忍不住要懷疑方才看到的那一幕只是錯覺。

「這是詐欺吧。」他喃喃說道。

一旁的林綾聽見這番話，不禁彎了彎嘴唇，顯然心有戚戚焉。

不過男人的下一句話，倒是讓他們愣了一下。

「我家離這邊不遠。順著這條路往下走，左手邊第一個路口轉進去就會看到了。」

花忍冬順著男人手指的方向看過去，訝異地眨了眨眼。隨後，他轉過頭看向林綾，瞧見對方眼中同樣浮現出一抹吃驚。

「怎麼了嗎？」男人不解地看著兩人，「你們好像很吃驚的樣子？」

「先生。」林綾很快恢復了一貫的從容，溫婉問道：「請問你姓葉嗎？」

「妳怎麼知道？」男人愣了一下，「難不成……妳有未卜先知的能力？」

花忍冬掩著嘴，肩膀一聳一聳的，但他很快就別過頭，以免讓男人看到太明顯的笑意。

「是這樣的。」林綾不著痕跡地往旁邊伸腳一踩，恰好踩在花忍冬的腳趾頭上，「我們是心恬的同學。」

花忍冬的表情出現瞬間的扭曲，但還是努力將快要脫口而出的悶哼吞了回去。

男人並沒有注意到花忍冬的異狀，他一聽到「心恬」兩個字，先是訝異地張大眼，下一秒，眼底流露出毫不掩飾的愉悅。

「太好了！心恬那丫頭終於有比較要好的朋友了……啊，你們該不會是綠野高中的學生吧？當初聽到心恬要去那所學校唸書時，我還很擔心，依她那任性的脾氣，可能會交不到朋友。」

男人興高采烈地抓起花忍冬的手，用力地搖了搖。

這突然的發展讓花忍冬一時傻在原地，都忍不住想要問問葉心恬：小葉，妳以前的個性是有那麼糟糕嗎？

「對了對了，忘了自我介紹一下。」陷入喜悅中的男人終於發現兩個孩子微愣的神情，連忙鬆開手，「我是心恬的哥哥，葉瑞。」

「咦咦咦？」花忍冬吃驚地拔高聲音。

相較於花忍冬明顯的情緒外露，林綾的態度還是一派平靜，她朝葉瑞微微一笑。

「你好，哥哥。我是林綾，他是花忍冬，還請多多指教。」

當葉心恬帶著夏家兄妹回到大宅，推開厚重的木製大門，映入眼底的竟然是一派和樂融融的聊天場面——扣掉閉著眼睛聽音樂的左易，與安靜翻著報紙的左容。

先不管邊吃零食邊說話的歐陽明、笑得興致盎然的花忍冬，以及神態婉約的林綾，讓葉心恬最感到訝異的，是這三人的談話對象。

有著英俊臉孔的褐髮男人正姿態隨意地坐在沙發上，不時發出爽朗的笑聲。

「那位是？」夏春秋困惑地打量那名陌生的男人。

跟在身邊的夏蘿抓著兄長的衣角，一雙幽黑的大眼睛眨了眨，浮現出同樣的茫然。

「小葉、小夏、小蘿，你們回來了啊。」注意到大門邊的動靜，歐陽明嚥下嘴裡的餅乾，揚起手對他們招了招。

這句話同時將男人與林綾、花忍冬的注意力拉過去，左容則是從報紙裡抬起頭，左易睜開了眼。

葉心恬沒有搭理歐陽明，她瞪大明媚的眸子，三步併作兩步地走到男人前方。

「哥，你怎麼突然回來了？」

「咦？哥哥？」夏春秋嚇了一跳，他瞧著沙發上的英俊男人，看見對方朝他微笑點頭後，也靦腆地回了一個招呼。

「心恬，這兩位也是妳的同學嗎？」葉瑞從沙發上站起來，笑容可掬地問，像是沒有看到妹妹正皺著眉頭，一臉彆扭的表情。

「想也知道只有一個是。」葉心恬沒好氣地睨了他一眼，「年紀比較大的是小夏，他是我在綠野高中認識的朋友。另一位則是他的妹妹，小蘿。」

「啊啊，眞不錯，心恬妳這次交了很多好朋友呢。」葉瑞喜孜孜地說道，「我本來很擔心妳……」

「唔啊，夠了，哥。」葉心恬連忙做出一個暫停的手勢，「拜託你不要搬出我很任性、脾氣很壞的那一套話，我已經是大人了，知道怎麼拿捏事情的分寸。」

「是這樣嗎？」花忍冬小聲地和歐陽明咬耳朵，他聲音壓得極低，不敢讓當事者聽到。

「咦啊？什膜？」吃零食吃到腮幫子都鼓起來，歐陽明含糊不清地問。

「算了，你繼續吃你的東西吧。」花忍冬沒好氣地看了他一眼，趁著葉家兄妹說話的時候，朝夏春秋和夏蘿招招手，示意他們過來這邊坐。

只見葉心恬雙手環胸，揚起下巴，貓兒似的大眼瞅著葉瑞不放。

「哥，你還沒告訴我，你怎麼會突然回來？爲什麼不先通知一聲？」

「哈哈……」葉瑞乾笑幾聲，露出一絲心虛的表情，「那個啊，我聽說爸媽出國了，只剩妳一個人在家，所以才特地回來看看妳。」

這段話落在夏春秋一群人耳裡，怎麼聽怎麼怪，投向葉瑞的眼神不禁帶上濃濃的疑問。

「不好意思，哥哥，爲什麼你要挑你父母不在的時候才回來看小葉？」花忍冬舉手發問，「平常的時候不行嗎？」

葉瑞環視了幾個年輕孩子一眼，抓了抓頭髮，然後又輕咳數聲，最後才一臉正色地開口：「呃，其實，我父母不太喜歡看到我，是因爲……我是同性戀。」

「哥！」葉心恬瞪大一雙美眸，不敢置信地拔高聲音，「你不知道有些事可以說，有些事是不能說的嗎！」

「啊，我不會隨便跟別人說我的性向啦，因爲他們是心恬的好朋友。」葉瑞撓著臉頰笑了笑，眼裡一片坦蕩，「對於妹妹的好朋友，我這個做哥哥的不想隱瞞太多事。」

「就算、就算是這樣，哥你也要考慮一下別人能不能接受這種事！」葉心恬氣急敗壞地瞪了他一眼，隨即緊張地看向沙發上的一群人，深怕會在誰的臉上看到鄙夷或驚慌的表情。

只不過映入眼底的，卻是抓著餅乾往嘴裡塞的歐陽明、神態溫婉的林綾、一雙狐狸眼笑瞇著的花忍冬、表情淡漠的左容、漫不經心的左易，以及正在思考該怎麼對妹妹解釋同性戀是什麼意思的夏春秋。

「看吧，心恬，妳的朋友並沒有被嚇到。」葉瑞難掩眉眼上的喜悅，重新坐回沙發上。

葉心恬沒好氣地撇撇嘴，心底雖然鬆了一口氣，但對於自家哥哥這種少根筋的個性還是忍不住捏了一把冷汗。

「眞是的，你難得回來一趟就弄出這種事，是想嚇死我嗎？」葉心恬硬是將花忍冬擠向沙發另一邊，自己則是挨著林綾坐下。

「哈哈，其實我對看人還是挺有眼光的。」葉瑞愉快地掃了眾人一圈，視線不經意地落在歐陽明身上。

歐陽明一邊咬著餅乾，一邊把手伸進零食袋裡，一對上葉瑞的目光，他先是一呆，隨即從袋子裡抽出手來，露出一抹憨厚的笑容，試探性地將餅乾遞出去。

「小葉的哥哥，你要吃餅乾嗎？」

然後，正拿起杯子喝水的花忍冬，瞧見葉瑞的臉竟然紅了紅，露出了靦腆的神色，含在嘴裡的一口水當下噴了出來。

「哇！花花你好髒！」歐陽明抱著餅乾迅速站起身，與花忍冬拉開距離。

「滾開，死人妖。」這是左易嫌惡的聲音。

因爲花忍冬製造出的這場小騷動，客廳瞬間被好幾波聲浪所覆蓋，吵吵鬧鬧的，沒有人注意到在另一端的走廊，謝曉梅正吃驚地摀住嘴巴，不敢置信地看著葉瑞。

第六章

晚間時分，葉家大宅的花園裡照慣例點起一盞盞燈。橘黃的光芒搖曳在花叢、樹叢之間，渲染出片片迷離光影。

客廳裡依舊可以聽見一片愉快的笑聲，而在離客廳有段距離的走廊上，謝曉梅垂著睫毛，眼底卻掩不住對那片熱鬧的嚮往。

如果可以待在客廳裡該有多好？她無聲地在心裡嘆口氣。

明明都是年齡相近的人，爲什麼她只能在這裡當個傭人，而其他人卻可以享受那麼美好的生活呢？

謝曉梅收回視線，低頭往前走。

爲了不讓自己被消極的心情淹沒，她只能拚命在腦海裡想著愉快的事，只是想著想著，思緒不禁飄到了下午發生的事。

那時候，她其實只是想問問葉心恬，須不須要準備些茶水點心送到客廳，卻意外聽見大少爺的那番話。

這是謝曉梅初次看見葉家的大少爺。之前聽姨媽提過，大少爺在外地工作，鮮少回家，沒想到背後竟有這樣的內幕。

相貌堂堂的葉家大少爺，竟然是個同性戀！一想到這邊，謝曉梅就忍不住抬起手摀住嘴巴，才能避免自己脫口驚呼。

這個消息的確震撼到她了，但同時從心底浮現的卻是一陣竊喜。看吧，就算再有錢、外表再優秀，還不是有不能見人的祕密？

不是白馬王子的葉瑞，讓謝曉梅原本羨慕又憧憬的心情出乎意料地找到了平衡。人果然不是十全十美的，對吧？

一想到這裡，她不禁揚起唇角，眸底滑過一抹幸災樂禍，但像是怕這股情緒顯露得太明顯，如果被什麼人看到就不好了，連忙低下頭，一手掩著嘴巴，一個人偷偷地笑。

但因爲她太專注於葉瑞這件事情，又是低著頭走路，自然沒能好好注意前方，那由遠而近的奔跑聲更是被她完全忽略了。

於是，步伐絲毫沒有停頓的謝曉梅只覺得一股力道突然撞上來，讓她一個踉蹌，猛地回過神來。

她反射性地往下看去，想要看清楚是什麼撞到自己。

只見黑髮白膚的小女孩跌坐在地，卻一聲不吭，好像也不覺得痛似的，只是用著一雙幽黑的大眼睛望著謝曉梅。

看到那張面無表情的小臉，謝曉梅本來內疚的情緒頓時被不悅取代。她拍拍裙襬，由上而下地俯視夏蘿，考慮要不要伸出手拉對方一把。

會跌倒也是對方的錯，不是嗎？是她沒注意到前方有人，才會這樣莽撞地在走廊上奔跑。

「妳……」還坐在地上幹嘛。謝曉梅吞下原本要脫口而出的句子，她想到對方是葉心恬的客人，如果自己不扶她起來，說不定對方還會跑去告狀呢。

這樣想著，就算對夏蘿沒有好感，她還是勉爲其難地堆出笑容，準備伸出手。

一道張狂不馴的嗓音忽地從身後響起，伴隨著越漸靠近的腳步聲。

「小不點，妳坐在地上幹嘛。」

謝曉梅呼吸一緊，心跳聲像是瞬間被放大無數倍，咚咚咚地迴盪在耳邊。她緊張地絞著手指，小心翼翼地回過頭去，一抹囂張的紅頓時映入眼底。

就算下午才被那人以冷漠的言語刺傷，但謝曉梅還是控制不住自己的心跳，臉頰發燙，緊張地斟酌著要怎麼開口打招呼。

但外表俊美的紅髮少年就像是沒看見她一般，自顧自朝夏蘿走去。

「喂，站得起來嗎？」左易的表情看似沒好氣，但伸手拉起夏蘿的動作卻又極其自然。

被忽略的謝曉梅咬緊下唇，那種完全不被人放在眼裡的難堪讓她眼眶發酸。

左易的目光自始至終只落在夏蘿身上，那張蒼白的小臉蛋雖然沒有明顯的情緒起伏，但他卻察覺到一絲異樣。

夏蘿正睜著一雙烏黑的眸子，瞬也不瞬地望著謝曉梅，那眼神就好像在盯著某種東西。

左易臉色頓時沉了下來，一把抱起夏蘿嬌小的身子，警戒地看向謝曉梅。

在左易看來，謝曉梅並沒有什麼異狀，紮著包包頭、一身潔淨的女傭制服，普通得不能再普通；但在某些時候，左易相信夏蘿更勝於相信自己眼睛所見。

「那傢伙有問題嗎？」左易收緊手臂，將夏蘿圈在懷裡，低聲問道。

夏蘿沒有開口，只是將小臉埋在左易的頸窩，小幅度地點了點頭。她沒有說出口的是，她看到謝曉梅的肩膀纏繞著黑影，那細長的黑影像蛇又像荊棘，不時祟動。

聽見左易那句毫不客氣的質問後，謝曉梅已快要撐不住臉上的表情了。對方露骨的防備眼神就像針一般狠狠戳在她的心窩。

爲什麼她必須接受這種羞辱？謝曉梅咬著下唇，拚命張大眼，爲了不讓眼淚流下來。

就算她細瘦的肩膀一顫一顫的，左易的神色卻無半絲放鬆，甚至吊高了一雙不馴的眼。

「不許妳靠近她。」左易低啞地警告，掃過謝曉梅臉上的尖銳視線就像要剖開她一般。

謝曉梅咬著下唇的力道越來越重，帶著鹹味的血絲滑進嘴裡。當左易抱著夏蘿逐漸走遠之後，自卑與怨懟就像火焰一樣竄出心底，燒得她眼瞳疼痛不堪。

謝曉梅抬起手，用力地揉了揉眼，想要壓下那股疼痛。被手指一直搓揉的眼角漸漸泛出血絲。

她就這樣站在原地好幾分鐘，才終於將淚意逼了回去。

「沒關係的……沒關係的……」謝曉梅喃喃低語，她沒有回頭看向左易離開的方向，而是挺直背脊、邁開步子往前走，想要想些其他事情來轉移注意力。

但只顧思考的情況下，她自然沒注意到前面走來了人，就這樣悶頭撞了上去。

「哎唷！」被撞的那人發出一聲短促驚呼。

「對、對不起，我不是故意的……」謝曉梅縮著肩膀，一邊怯懦地道著歉，一邊伸手要扶對方起來。

「曉梅，妳一定是邊走邊發呆了。」一頭短髮的女傭無奈地笑了笑，在謝曉梅的攙扶下，從地板上站起身，「竟然完全沒發現我。」

「眞的很不好意思，我剛剛想事情想過頭，所以才……」謝曉梅難爲情地絞著手指，說出了自己不專心看路的原因。

「想事情？」短髮女傭瞧見她困窘的表情，不由得好奇地湊過去，「妳在想什麼？該不會是……小姐的同學？還是今天回來的大少爺？」

女傭口中提到的前者，自然是左易了。只是一想起剛剛發生的事，謝曉梅的眼神不由得陰沉了下來。

短髮女傭並沒有察覺到她低落的情緒，只是自顧自地開口，「雖然小姐的同學很帥，不過我還是覺得大少爺比較好。不只長得好看，脾氣又溫和……啊啊，他今天看到我的時候，竟然對我打了招呼。如果有這種男朋友，一定很棒吧！」

聽見女傭那飽含憧憬的興奮嗓音，謝曉梅只覺得對方喜孜孜的神色讓她刺目不已。她就像是要打碎對方的幻想，揚高聲音喊道：

「不可能的，大少爺他才不會交什麼女朋友，因爲他根本不喜歡女——」

最後一個「生」字她還來不及吐出，一道高傲的嗓音已然從後方壓了下來。

「女什麼？」

謝曉梅驚愕地轉過頭去，卻發現葉心恬不知什麼時候來到她身後，那雙形狀姣好的眸子正銳利地瞪視過來。

一瞧見葉心恬充滿壓迫感的眼神，謝曉梅心驚膽跳地摀住嘴巴，肩膀忍不住一縮，心臟彷彿被隻無形的手緊緊掐住，讓她幾乎無法呼吸。

同樣被葉心恬震懾到的短髮女傭刷白了一張臉，囁嚅地開口，「小、小姐。」

「這裡沒妳的事。」葉心恬只是冷冷看了她一眼，沒有刻意加重的嗓音卻讓對方的身子抖了抖，「還不快點離開。」

「是、是！」短髮女傭慌慌張張地向葉心恬行了一個禮，就急匆匆跑開，不敢再回頭多瞧一眼。

走廊上，只剩下葉心恬與謝曉梅兩個人。

謝曉梅下意識往後退了幾步，直到背部抵到牆壁，才發現自己已無路可退。

「妳聽見我哥說的話了，對吧？」葉心恬沒有前進，只是以那雙明媚卻懾人的眸子盯著謝曉梅，不放過她所露出的每絲表情。

謝曉梅不敢點頭，然而她的神情、眼神卻已述說一切。那掩飾不了的恐慌與心虛，交織成狼狽的答案。

「如果妳是不經意聽到這件事，我可以原諒妳。」葉心恬向前跨出一步，縮短兩人間的距離。

「但是。」

不輕不重的兩個字，彷彿在空氣中砸出了清脆的聲響。

謝曉梅嘴唇哆嗦，卻一個字也說不出來。她從來沒看過這麼嚴厲又可怕的葉心恬。

「身爲葉家的傭人，應該知道什麼事可以說，什麼事不能說。」葉心恬表情突然一沉，冷聲開口，「如果我剛剛沒有出現，妳是不是就會把這件事說出來？」

「小、小姐……」謝曉梅終於從喉嚨裡擠出聲音，「我不是故意的，我並不是……」

葉心恬並沒有讓她把話說完，就像是覺得不耐煩地抬起手，制止她的辯駁。

「雖然對惠蘭姨很不好意思，不過葉家不需要妳這種會背後說人閒話的傭人。」

謝曉梅臉色一白，不敢置信地抬起頭，眼底映入的卻是葉心恬那雙不帶暖意的眼神。

「妳明天就走吧，薪水我會再請惠蘭姨拿給妳的。」

「小姐妳……」謝曉梅掐著掌心，指甲扎進皮膚裡，她卻不覺得疼痛。不斷從心底湧出的難堪，讓她的身子搖搖欲墜，「妳就不怕我……把大少爺的事情說出去嗎？」

「喔？」葉心恬瞇起了眼，一抹厲色從裡頭湧現，「會威脅主人的傭人？妳這樣做，只會讓我更想把妳趕走而已。」

謝曉梅抖著身子，彷彿被當面羞辱的感覺讓她的眼底泛出濕意，淚水終於無法控制地流了下來。

「哭也沒用。」葉心恬冷淡地說，「明天就把行李收一收，不要再讓我看到妳了。」

隨著最後一字落下，葉心恬像是沒看到謝曉梅不斷滑落的眼淚，逕自轉身離開。

那高傲的身影映在謝曉梅眼裡，如此刺目。

「太過分了……」淚水的鹹味落在嘴唇上，謝曉梅卻沒有抬起手擦掉，只是睜著那雙被眼淚浸濕的眸子，哽咽著喊道：「什麼小姐嘛！像妳、像妳這樣任性又自私，完全不體諒別人心情的人……才不配被人喜歡！」

聽見這句話的葉心恬轉過頭，眼神高傲地睨視她。

「那又怎樣？謝曉梅，不要將妳的理想套在我身上。」

那視線就像是針扎過來似的，謝曉梅用力咬著嘴唇，再也無法承受難堪地跑走了。

咚咚咚的腳步聲與斷續的啜泣飄散在走廊上，最後隨著主人的離去，漸漸消逝沉澱……

謝曉梅摀著嘴，像是想要遮擋哽咽的聲音，但越落越多的淚水卻讓她克制不了地痛哭失聲。

視線因淚水而模糊不清，只顧著埋頭奔跑的謝曉梅不知道自己跑了多遠，當她終於停下腳步時，發現自己已來到溫室前。

一名長髮微鬈、膚色白皙的小女孩站在溫室大門前。她抱著兔子娃娃，一雙大眼睛正眨也不眨地瞅著謝曉梅。

「大姊姊，妳爲什麼在哭？有人欺負妳了嗎？」

驟然響起的童音讓謝曉梅身子一震，慌張地抬起手，想要抹掉滿臉淚痕，但眼淚卻不受控制地越掉越多。

小女孩向前走了幾步，抓住謝曉梅的手，如同引領似地將她帶進溫室裡。

「不要哭喔，大姊姊。有什麼難過的事、不高興的事，都可以說出來，我不會告訴別人的。」

瞧著小女孩擔憂地注視自己的神情，謝曉梅鼻頭一酸，雙手摀著臉蹲在地上，溫熱的淚水不斷從指縫間滲了出來。

「小姐她……她要把我趕走……好過分，我明明什麼都沒做，爲什麼要這樣對我……」只要一想到葉心恬那張明媚高傲的臉孔，謝曉梅只覺得心裡像是被無數根針扎著一樣難受。難堪、討厭、嫉妒、羨慕，各式各樣的情緒交織在一起，讓那些針越來越尖銳。

「那種人……才不配稱爲小姐……眞正的小姐，應該是要更善良、更善體人意……會關心我，會與我交朋友……」

「因爲那個人不是眞正的葉心恬啊。」小女孩摸了摸謝曉梅的頭，稚氣的嗓音充滿憐憫，「大姊姊，妳本來就不該對她抱有期待的。」

「妳說什麼……」謝曉梅震驚地從掌心裡抬起頭，露出被淚水浸濕的臉孔。她想起初次遇見小女孩時，對方說過的那句話。

「是葉心恬……大小姐嗎？」

「是葉心恬，但不是大姊姊所想的『葉心恬』喔。」

小女孩蒼白的臉蛋漾出笑容，眼睛彎成了新月狀。她低下頭，如同述說祕密一般，將嘴唇貼在謝曉梅的耳邊。

「真正的葉心恬被藏在這個大房子裡，大姊姊，妳快點去把她找出來吧。」

是夜，萬籟俱寂時分，花園裡的點點燈火依舊閃動，但光芒比起前些時候已黯淡不少。在昏黃光線的映照下，原先安靜盤踞在花叢底下的影子突然晃動了一下，然後逐漸伸長延展。初看時，如同靈動的黑蛇，但隨著黑影擴散的動作，卻又像是黑色的荊棘正不斷蠕動。

那些細細長長的黑影以超乎想像的速度遊走在地面上，它們無聲而輕巧地前進，有些枝條從窗戶的縫隙溜進去，有些枝條從門縫底下竄入，眨眼間已從花園移轉到大宅。點著壁燈的走廊上，黑影滑過了紅絨地毯，滑過了牆壁，最後在一間間傭人房前停下。

「嘻嘻。」

驟然響起的稚氣笑聲如同一個訊號，原本停滯住的荊棘狀黑影開始滑進門縫底下。躺在床上的傭人們並沒有發現在地板上遊走的黑影，那些似荊棘、似藤蔓的黑影，就這樣無聲無息地融入傭人們的影子裡。

「黑色天空，月亮高高。來來來，我們來玩踩影子～」

房外走廊上，一道嬌小身影披著微鬈長髮，抱著灰撲撲的兔子娃娃，愉快地哼著歌。亮晶晶的小皮鞋時而踏地，時而抬起，卻奇異地沒有發出聲響。

然後，嬌小身子踏著靈巧的步伐，晃晃悠悠地來到其中一間傭人房。她抬起小小的拳頭，對著門板敲了敲，叩叩的聲音清晰響起，卻沒有任何一人出來開門。

小女孩不在意地拍拍兔子娃娃的腦袋，只見攤在她懷中的娃娃突然舉起用棉花填充的手，握著金屬製的門把，用力一扭。

嘎吱，原先緊閉的門扉應聲而開。

小女孩向前踏了一步，黑得發亮的大眼睛滴溜地轉了轉，很快將房間景象收入眼底。四張床鋪，簡單的家具，以及躺在床上昏沉睡著的三個女傭。

當她發現靠窗的那張床鋪上沒有謝曉梅的身影時，驀地咧開艷紅的嘴唇，無聲地笑了。

荊棘狀黑影從地面上無聲無息地滑過，提著一盞小燈的鞏惠蘭卻渾然未覺。雖然時值半夜，但她依舊綰著髮髻，一襲深藍色衣服，走在青石板所鋪成的小徑上。素雅慈藹的臉孔上找不出一絲睡意，就像是她正等待著這個時間點。

事實上，按照鞏惠蘭平常的作息，這個時候本是她的就寢時間。然而在處理完葉家大宅的瑣事之後，回到房間的她卻在桌上發現一張紙條，上頭只有短短一行字。

半夜十二點請到溫室找我　曉梅

「曉梅這孩子也眞是的……」鞏惠蘭嘆了口氣，腳下速度不禁加快。

由強化玻璃搭建的溫室就在前方，安靜地被黑夜所籠罩。由於玻璃內側是層層交疊的植物，即使提著燈或是手電筒，就算從外頭照進去，也很難判斷溫室是否有人。

鞏惠蘭瞥了眼腕上的手錶，距離十二點還有五分鐘，不知道曉梅來了沒有？心底浮現這個疑惑的同時，她的眼底也映入了敞開的溫室大門。

很顯然，已經有人比她早一步進入溫室了。

雖然不大理解外甥女爲何要挑選午夜時分約在溫室碰面，有些事情在房裡也可以講的，但只要一想起數個小時前，大小姐難得一臉嚴肅地找上自己，再對照房裡的紙條，鞏惠蘭已經可以拼湊出事情的答案。

回頭望了一眼，確定葉家大宅沒有任何一扇窗戶透出燈光後，鞏惠蘭又很快地轉過頭，匆匆走進溫室內。

提高手裡的燈，藉由光線的映照，鞏惠蘭很快就發現謝曉梅的身影。此刻，那紮著包包頭的女孩正咬著嘴唇，看似煩躁地兜著圈子。

不過，察覺到燈光的出現後，謝曉梅便停下動作，一雙眸子張得大大的，甚至連呼吸都帶了一點急促感。

「曉梅。」鞏惠蘭反手關起溫室大門，再把燈座吊在門把上，眉眼掩不住擔憂地走向謝曉梅。

「姨媽……」謝曉梅乾乾地喊了一聲。雖然夏夜溫度不算太高，但她的鼻頭還是微微地泛出汗珠。

「我從小姐那邊聽說了晚上的事。」鞏惠蘭眉頭緊皺，憂心的神色中透出了一點恨鐵不成鋼的味道，「妳這孩子怎麼那麼莽撞……竟然威脅小姐，說要把大少爺的事情——」

「姨媽，我不想談這個！」謝曉梅急促地打斷鞏惠蘭的句子。

「妳不是要跟我談這件事？」鞏惠蘭很是意外。

「我想要談的是……」謝曉梅停頓了下，緊綳著聲音說出目的，「另一個小姐。」

鞏惠蘭臉色一變，但很快穩住神色，以著溫婉的語氣開口，「妳在說什麼傻話，葉家只有心恬一個小姐而已。」

「真的嗎，姨媽？」謝曉梅眼尖地捕捉到那抹失態，她向前踏出一步，縮短兩人之間的距離，眼裡是掩不住的灼熱，「妳剛剛的表情並不像那回事。」

「傻孩子，姨媽怎麼會騙妳呢？」鞏惠蘭柔聲安撫，「妳來這裡工作那麼多天，有看到另一個小姐嗎？」

「是被藏起來了吧？」謝曉梅聲音不自覺拉高，瞪得大大的眼睛緊盯著鞏惠蘭不放。

「曉梅？」瞧著外甥女異於平時的逼人態度，鞏惠蘭詫異地朝她伸出手，想要摸摸看她的額頭，「妳究竟是怎麼了，爲什麼會問起這件事？」

謝曉梅把臉往旁一偏，避開了鞏惠蘭的碰觸，像是沒看到那隻停滯在半空中的手，她只是固執地再次開口。

「告訴我，姨媽，葉家是不是還有另一個小姐？」

謝曉梅的再三逼問，以及剛才閃避的舉動，讓鞏惠蘭忍不住緊皺眉頭。

「曉梅，妳不要胡鬧了。如果妳半夜找我出來，只是爲了這件無聊的事，那我要先回房了。」鞏惠蘭一向溫和的語氣嚴厲了起來，像是覺得失望地深深看了對方一眼，轉身朝溫室大門走去。

「姨媽！」謝曉梅見狀，急忙用力拽住她的手，制止她欲離開的步伐，「有人告訴我，眞正的小姐被藏起來了！所以、所以……我必須要救她出來！」

被謝曉梅的力道拽得踉蹌一步，鞏惠蘭看向她的眼神就像是第一天認識她一樣，驚愕於一向畏縮的外甥女怎會突然性情大變？

然而更讓她詫異的是，謝曉梅糾纏不放的追問。是誰……告訴她葉家有另一個小姐？

「姨媽，求求妳告訴我！我想要救出眞正的小姐！葉心恬……葉心恬那種自私傲慢的人才不是什麼千金小姐！」謝曉梅抓著鞏惠蘭的手臂苦苦哀求，她不知道自己執拗的神態與語氣多麼駭人。

啪！鞏惠蘭突然搧了外甥女一巴掌，臉上滿是震驚，不敢相信謝曉梅竟會說出這種話。

或許是這巴掌的力道將她打醒，也或許是對鞏惠蘭的動作感到錯愕，謝曉梅怔怔地鬆開手，右頰上傳來一股熱辣辣的刺痛感。

「曉梅，妳怎麼會那麼不懂事！怎麼可以這樣說小姐呢？」鞏惠蘭難掩失望地斥責。

謝曉梅雙肩微微顫動，沒有回話，只是咬著嘴唇，低下頭。

畢竟是擁有血緣關係的親人，就算對謝曉梅今晚的舉動再怎麼不諒解，聽見對方發出了微弱的哽咽聲，鞏惠蘭還是心軟了。

她嘆了口氣，伸手摸摸外甥女的頭髮，「今天的事是妳不對，明天我帶妳去跟小姐道歉，說不定小姐會願意原諒妳，讓妳繼續留下來工作。」

謝曉梅嘴唇微動，細若蚊蚋的聲音從齒縫間溢了出來。

「曉梅？」鞏惠蘭聽不眞切，她湊近一些，想要聽得更仔細的時候，謝曉梅卻突然昂起頭，目光灼灼地瞪著她，兩隻細瘦的手臂猛地往她一推。

猝不及防之下，鞏惠蘭被推倒在地，她狼狽地跌坐在地上，還來不及爬起，謝曉梅已迅速迫近，十根手指掐住她的脖子，一張平凡無奇的臉孔如今卻扭曲了表情。

「好過分……姨媽妳好過分！竟然爲了那種人打我！」謝曉梅眼裡流露出憤恨，單薄的胸膛快速起伏，幾近語無倫次地喊著，手指上的力道不自覺加重，像是沒注意到鞏惠蘭痛苦的神色，「妳一定是被葉心恬欺騙了！她才不是什麼大小姐！告訴我……姨媽妳快點告訴我，眞正的小姐被藏在什麼地方！」

脖子上傳來的緊窒感，以及氧氣不斷被剝奪、幾乎連呼吸的能力都快要喪失的情況下，鞏惠蘭的臉色越漸蒼白。她掙扎著想要推開謝曉梅，然而看似瘦弱的少女卻動也不動，只是將圈在她脖子上的手指越縮越緊。

那偏激而瘋狂的神態讓鞏惠蘭悚然心驚，她嘶著氣，竭力想要從喉嚨裡擠出聲音。

「葉家……葉家只有一個大小姐……」

「姨媽妳爲什麼就是不肯說眞話？」謝曉梅不敢置信地瞪著她，對於她這個時候還嘴硬的態度感到憤怒。

「死了……另一個早就死了……」鞏惠蘭掙扎著想要扯開謝曉梅的手，「她偷偷跑到地下室……不小心將……將自己反鎖在裡面……被發現時……已經死了。」

「怎麼可能死了？一定是被藏起來的！」謝曉梅無法接受這個答案，將鞏惠蘭越掐越緊，「是哪裡的地下室？」

「溫……溫、室……」

鞏惠蘭眼神逐漸渙散，但謝曉梅像是渾然未覺，依舊掐著她的脖子不放。直到身下的人不再掙扎，謝曉梅才彷彿自己是那個呼吸困難的人，猛地深深吸了一口氣。

她搖搖晃晃地從鞏惠蘭身上站起，身體因爲喜悅而微微發抖。她來到溫室大門前，拿起鞏惠蘭帶來的燈，昏黃的光線照在地板上，將植物的影子拉得長長的。

謝曉梅的步伐雖然很慢，但她找得很仔細。

這座由強化玻璃搭建而成的溫室，她只來過幾次，並沒有完全繞過一遍，畢竟這座溫室平常有專人負責照顧。

謝曉梅粗重地喘著氣，耳邊不斷迴盪自己呼吸與心跳的聲音。

在哪裡？地下室的入口在哪裡？謝曉梅仔細搜尋，在盆栽與盆栽之間來回穿梭。走著走著，她腳下忽地傳來異樣感，那是和踏在水泥地上完全不同的感覺。

謝曉梅停下腳步，屏住呼吸地將燈光往地面一照，頓時發現自己踩到的是一塊鐵板。只不過，另一半卻被盆栽壓在底下。如果不是她剛好踏在上面，可能不會注意到它的存在。

謝曉梅的指尖因爲興奮而哆嗦，心臟狂跳，她緊緊咬住嘴唇，才能避免過於緊張的喘息從嘴裡流洩而出。

將燈座擱在旁邊的花架上，謝曉梅彎下身，把壓在鐵板上的盆栽一一搬開。當她終於看清鐵板全貌時，心裡忍不住歡呼一聲。

溫室裡，只有這個地方奇異地放著一塊鐵板，而鐵板前端則被安裝一道鐵門，牢牢地卡在水泥地與鐵板上。

找到了！謝曉梅迫不及待地蹲下來，用力轉動鐵門。由於積了灰塵和生鏽的關係，轉動鐵門時不斷發出嘎吱嘎吱的刺耳聲，謝曉梅幾乎費了九牛二虎之力，才把鐵門完全拉開，而她的手掌也變得一片通紅。

但她根本不在意，只是更加急促地拉開鐵板，藉由燈光的映照，一座通往底下的石梯頓時映入眼裡。

謝曉梅嚥了嚥口水，提起放在花架上的燈座，屏住呼吸，小心翼翼地踏下第一階。確定鞋底傳來的硬度之後，謝曉梅不再遲疑，一步一步往下走。濃厚的霉味不斷竄入鼻間，嗆得她不太舒服，但只要一想到地下室裡關著眞正的大小姐，謝曉梅就覺得什麼都可以不在乎了。

可憐的小姐，被關在地下室那麼久……但是沒關係，她今天就會將小姐拯救出去，然後再揭穿葉心恬的身分……

到時候，重獲自由的小姐除了會感念她的救命之恩，說不定……她們兩個還會變成知心好友……

謝曉梅不斷在腦海裡勾勒著未來藍圖，心臟也越跳越急促，那長長的像是沒有盡頭的石梯，讓她不禁感到焦灼起來。

還要多久才可以到達地下室？

謝曉梅將燈座往前照，除了髒灰的牆壁之外，眼前所見仍是一階又一階的石梯。

走了數分鐘後，謝曉梅驚喜地發現石梯終於到了盡頭。她一口氣跳下最後兩階，舉高手裡的燈座，將這個地方仔細地打量一番。

地下室內空無一物，除了積累許久的難聞霉味及厚重灰塵，只有一扇由石頭鑿製而成的石門，上頭僅僅開了個小窗。

小姐一定在那扇石門之後！謝曉梅欣喜若狂，三步併作兩步地衝到石門前，伸手往前一推，但厚重的門板卻文風不動，不管試了幾次、用了多大的力氣，都沒有辦法推開。

謝曉梅咬著嘴唇，氣惱地瞪著石門，隨即她注意到開在門上的小窗，連忙踮起腳尖，將燈座提到小窗旁。

昏黃光線的照射下，她看見一抹坐在牆角的纖細身影。

那人低垂著頭，懷裡抱著好幾隻破敗的布偶，長長的頭髮像瀑布般從身後披散而下。

是眞正的葉家小姐！

「哈哈……姨媽果然說謊，大小姐才沒有死，只是被藏在這裡。」謝曉梅笑了出來，眼裡盈滿瘋狂的喜悅。

她張開嘴，想要叫喚裡頭的少女，卻發現少女腳邊似乎蠕動著什麼東西。

謝曉梅訝異地眨眨眼，將臉往前湊得更近一些，好讓自己看得更清楚。下一秒，一股寒意猛地竄上心底，她駭然地倒抽一口氣。

在少女腳邊湧動的，竟是似蛇又似荊棘的黑影，它們彷彿擁有生命一般，在地板上蜿蜒遊走。

或許是燈光撕裂了黑暗的關係，也或許是謝曉梅的抽氣聲太明顯，黑影被引起了注意，迅速往石門方向滑去。

那詭異的黑影讓謝曉梅驚慌失措地向後踉蹌幾步，然而還沒等她站穩，她卻覺得自己撞到了什麼。

那柔軟又有彈性的觸感，究竟是……

謝曉梅反射性轉過頭，看清楚站在身後的是穿著白洋裝的小女孩時，不禁鬆了一口氣。

「原、原來是妳，嚇了我一跳……」謝曉梅拍拍胸口，將哽住的一口氣吐了出來，但她隨即又想到石室裡的異狀，急急忙忙開口，「快點！我們快離開這裡！」

她想要抓住小女孩的手，拽著對方往樓梯衝去，但皮膚白皙、有著一雙漂亮眼睛及微鬈長髮的小女孩卻咯咯地笑了，咧開紅潤的小嘴，露出了森白的牙齒。

「爲什麼要離開呢？」小女孩眼睛亮得嚇人，像是有光在燃燒。

謝曉梅忍不住後退幾步，她沒有注意到自己與石門的距離又拉近了。她抓緊手裡的燈座，努力擠出笑容，「小妹妹，不要鬧了，這裡眞的很危……」

最後一個「險」字還停在舌尖，謝曉梅神色忽地一僵，看向小女孩的眼神充滿恐懼。

這一刻，她終於想起來，慫恿她找到眞正的葉心恬的人，是誰。

一隻灰撲撲的兔子娃娃突然從小女孩身後冒出，黑鈕釦的眼睛、咧開的大嘴，而它的手裡正握著一把尖銳的菜刀。

「啊……啊啊……」謝曉梅抖著嘴唇，原本的狂熱在這瞬間被沖得一乾二淨，「不要過來、你們不要過來！」

她踉蹌地又向後退了幾步，將手裡的燈座當成武器舉到身前，試圖用燈光威嚇他們。

咧著大嘴的兔子娃娃一邊發出嘎嘎嘎的笑聲，一邊拖著菜刀朝謝曉梅走去。

刀尖拖在地上，發出刺耳的聲響，謝曉梅慌張地向後退，卻因爲退得太過急促，整個人失去平衡地跌坐在地。

兔子娃娃高高舉起冰冷的凶器，但一陣拍手聲卻制止了它的動作。

拍著手的小女孩愉快地看著謝曉梅，一雙大眼睛因爲笑意而彎成了新月狀。

「大姊姊，妳放心，我沒有要過去喔。」她笑嘻嘻地說，「因爲，她要出來了。」

謝曉梅聽見奇異的喀噠聲正從身後響起，她膽戰心驚地回過頭，眼底映出了那扇正被人緩緩打開的石門。

謝曉梅駭然地睜大眼，瞪著不知何時已纏繞在她脖子上的兩隻手。

死白，冰冷的纖細手臂。

她嘶著氣，從腳趾到手指都在發抖，毛骨悚然的寒意直衝腦門。

然後，一張蒼白如同月光的臉孔貼在她頰邊，吐出了輕緩但沒有溫度的聲音。

「妳不是想救我嗎？」

謝曉梅的心臟幾乎要跳到嗓子眼，驚恐地想推開那張臉，但她的手卻像被某種東西纏住一樣。

從未見過的黑影自開啓的石門裡湧出來，彷彿是活生生的生物，緊緊纏繞住謝曉梅的雙手雙腳。

她奮力掙扎，拚命想要扯開黑影，但她越是用力，黑影就纏得越緊。

謝曉梅不斷發出尖叫，她掙扎著想要逃出黑影的包裹，但黑影就像是饑餓過度的野獸，轉眼間便吞沒了她大半個身體。

小女孩拍著小手，興高采烈地唱起歌。

「黑色天空，月亮高高。來來來，我們來玩踩影子～」

謝曉梅慘叫地看著黑影爬上她的腰、她的胸口，凡是被黑影包裹住的部位，她都再也感受不到它們的存在。

「在地上晃動的黑色是什麼呢？是你的影子，他的影子，卻沒有我的影子。」

小女孩瞧著石門前如同凶獸湧動的黑影，笑得越發開心了。

「來來來，我們來玩踩影子～被踩到的人，影子將會變成我的養分～」

在小女孩童稚的歌聲中，黑影終於完全吞噬了謝曉梅。

石門「砰」的一聲重重掩上。

地下室一片死寂，似乎什麼事都不曾發生過。

第七章

有什麼驚動了夏蘿。

有著漆黑長髮、白白皮膚的小女孩，就像是感覺到什麼，濃密的睫毛如同蝴蝶振翅般撲搧了幾下。下一秒，原本閉闔的眼眸慢慢地睜開來。

夏蘿一邊揉著眼，一邊坐起身子，心裡則想：哥哥怎麼突然把燈全部打開了？晚上睡覺不是只要留小燈就好嗎？

只是這念頭剛浮上心頭，便突然凍結住了。

夏蘿停下揉眼睛的動作，稚氣白皙的臉蛋上浮現一抹錯愕。

不是在房間裡，也不是床上，周遭的明亮更不是大燈被打開的緣故。

映入夏蘿眼裡的，是極爲陌生的景象，那是一大片玫瑰園。白的、紅的、粉紅的，在明亮的日光映照下，襯得那些盛綻的玫瑰越發嬌豔欲滴。

夏蘿卻沒有心思欣賞這些花。

這裡是哪裡？爲什麼她會待在這個地方？她不是應該和哥哥一起在房間裡睡覺的嗎？

夏蘿下意識想要呼喊兄長，但剛張開嘴巴，就發現了一件更爲怪異的事。

沒有聲音。

雖然她已用上極大力氣，但什麼聲音都發不出來。夏蘿不敢相信，她又嘗試了幾次，可每一回的結果都一樣。

怎麼會這樣？夏蘿下意識抓著襟口，眼眸裡滿是茫然。她不停地東張西望，然而放眼所及，依然沒有見著自己以外的身影。

那種如同被遺棄的感覺，逼使她再也無法停留在原地，細細的雙腳拔起就跑。

哥哥！哥哥！哥哥，你在哪裡？即使明知喊不出絲毫聲音，夏蘿還是難以抑制，她一次又一次地無聲叫喊。

但這座安靜到死寂的玫瑰花園仍舊丁點聲音也沒有。

奔跑聲，急促的呼吸聲，裙襬拂過草葉的聲音，全部不曾出現。

夏蘿第一次知道，原來沒有聲音的世界會是如此可怕。雖然小臉上有著掩不住的畏怯，但她仍舊緊緊咬著嘴唇，壓抑住這股感覺。

夏蘿拚命在花園裡奔跑，只希望能盡快望見熟悉的身影。就在她沿著小徑繞過一大叢玫瑰花時，忽然停下腳步，困惑地看向延展在前方的平坦草地。

草地上有三個人，兩名正在玩鬧追逐的小女孩，還有一名微笑注視她們的少年。

小女孩看起來和夏蘿差不多大，她們倆留著同樣的長鬈髮，身上穿著的也是相同款式的洋裝。唯一的差異，在於她們的洋裝分別是對比的一黑一白。

少年五官俊逸，約莫十五、六歲的年紀，笑起來時給人爽朗的感覺。

兩名小女孩顯然沒注意到夏蘿的存在，稚嫩的臉蛋上掛著天眞爛漫的笑容。

那是一幅美好的景象。

可是聽不見任何笑語，又使得這幅景象增添一絲詭異。

夏蘿沒有想那麼多，一見到有人，她忍不住跑上前，希望對方能夠幫幫她，告訴她這裡是哪裡，如何才可以找到她的哥哥。

更古怪的事情發生了。

夏蘿明明就站在小女孩面前，但她們與少年就像是渾然未覺她的存在。

兩個小女孩玩鬧般地跑開時，少年也笑容滿面地跟上去。

明知道就算張開嘴巴，聲音也沒辦法眞正地發出來，可夏蘿還是忍不住喊了，她希望有人能夠發現到她的存在。

但是，沒有。

兩名打扮幾乎是如出一轍的小女孩，依舊開心地追鬧嬉戲，不時回頭朝身後少年喊了些什麼——夏蘿是從她們的嘴形判斷出來的。

穿著白洋裝的小女孩跑在最前頭，長長鬈鬈的頭髮飄了起來，另一名小女孩則在後方追著她。

兩人之間維持著一個距離。

就像是篤定對方追不到自己，穿著白洋裝的小女孩一邊跑，一邊回過頭來，潔白的臉蛋滿是天真無邪的笑。

就在下一剎那，只顧後方、忘記注意前方的白洋裝小女孩一個沒注意，絆著了腳，驟然失去平衡地往另一邊摔去。

望見這一幕的夏蘿和穿著黑洋裝的小女孩不約而同地睜大眼，面露驚慌地發出無聲的叫喊。

少年更是臉色一變，大步追上來。

白洋裝小女孩倒下去的地方，正好是一片玫瑰花叢。由於奔跑姿勢的關係，她的背部先陷進了花叢裡，偏偏那些玫瑰花的莖幹上長著刺，登時將小女孩露在衣服外的肌膚刮出一道道紅痕。

夏蘿想跑上前去幫忙，但剛要跨出步伐，另一抹身影已比她更快一步地跑過來。

不是穿著黑洋裝的小女孩，而是那名少年。

他緊張地伸出手，想要將白洋裝小女孩拉出玫瑰花叢，但是那些刺卻剛好勾住了她的衣服，左腰處頓時被扯開一道口子，露出底下潔白的肌膚。

原本白洋裝小女孩就快要脫離玫瑰花叢，卻因爲這突發事件，腳步一個不穩，失去重心又跌了回去。

沒有衣料遮蔽的左腰被尖刺劃出血痕，那是一道很細的傷口，只滲出幾滴血珠子，但那幾滴鮮血卻沒有滑落，反而在白皙的肌膚上慢慢暈染開來，逐漸化成奇異的形狀。

白洋裝小女孩並不知道她的左腰發生了什麼變化，她抓住少年伸出的手，再次使上力氣站起來，脫離玫瑰花叢的同時，卻也露出了暈染著暗紅的左腰肌膚。

那是有如勾玉形狀的印記。

咦？夏蘿站的位置，正好可以看見那枚烙在潔白皮膚上、顯得格外怵目的印記。她眨眨眼，有些困惑。可相較於她的反應，同樣看見印記的少年，表情卻是倏然凍結了。

下一秒，少年快速脫下外套，想要遮掩住小女孩腰上的印記，但黑洋裝小女孩卻忽然轉過頭，嘴唇一張一闔，似乎是在大聲呼喊著誰。

少年臉色微變，想要阻止對方已經來不及了，花園另一端很快出現好幾抹身影。

夏蘿瑟縮著肩膀，害怕那些大人們會過來質問自己的存在。不過就如同之前少年與小女孩一樣，那些趕來花園的人們也看不見夏蘿。

那些身影中，有老人也有年輕人。老人似乎是地位最高的人，他走在最前頭，其餘人則跟在他後方。

一瞧見那枚勾玉狀的印記，老人表情瞬間變了，變得嚴厲、凶狠，甚至還有一絲猙獰。

夏蘿覺得可怕，縱然誰也瞧不見她，她還是控制不住地退了兩、三步。

就這一剎那間，老人無預警地做了一個手勢。他的手一揮，原先跟在後方的一名男人走上前，近乎粗暴地抓住那名穿著白洋裝的小女孩。

這突如其來的發展讓少年與兩個小女孩都愣住了，但是少年很快就回過神來，一邊衝到男人身前拽住他的手臂，一邊則是轉頭與老人據理力爭著什麼。

白洋裝小女孩害怕地踢著雙腳，掙扎地揮動雙手，卻始終擺脫不了箝制，稚嫩的臉蛋上盡是畏懼、惶恐，還有不敢置信。

到最後，就連跟老人爭得臉紅脖子粗的少年也被人按在地上。

只有黑洋裝小女孩愣在原地，一雙眸子惶惶然地看著老人，又看向與她長相如出一轍的小女孩。

白洋裝小女孩的眼淚越流越多，她被男人扛在肩膀上，卻不死心地伸出小手想要抓住救命稻草。

夏蘿看見那名穿著白洋裝的小女孩在無聲哭叫。

不要……不要……

「不要——」

有誰在淒厲地哭叫著。

夏蘿猛地睜開眼睛，單薄的胸膛劇烈地上下起伏，耳邊除了自己怦咚怦咚的心跳聲之外，似乎再也聽不見其他聲音。

她眨了眨眼，再眨眨眼，終於確定自己並不是待在玫瑰花園裡。接著，她慢慢轉過頭。

房間裡，床頭櫃上的小燈正安靜地發著光，同時也替這個空間提供微弱的照明。

窗外是大片的漆黑。

夏蘿還是有絲不眞切的感覺，剛才的夢境太過鮮明，直到她看見躺在身邊的另一抹身影，才安心地放鬆了緊繃著的肩膀。

是哥哥。

夏蘿雖然想向夏春秋說自己作了惡夢，但也不願意吵醒他。她盯著對方的睡顏好一會，正想再重新躺下，卻突然覺得想喝水。

房間的小桌上，擺著爲客人準備的長嘴水壺。

夏蘿輕手輕腳地掀開被子下床，盡量不發出聲音地走到桌前。只是當她舉起水壺，將壺嘴對著杯子的時候，卻發現沒有水流出來。

夏蘿呆了呆，慢一拍才醒悟過來，原來是沒水了。

可是，口渴的感覺變得更加強烈。夏蘿摸摸喉嚨，再瞄了下睡得正熟的兄長，決定自己到一樓的廚房倒水。

怕吵到哥哥，小女孩的動作小心翼翼的。她穿上室內拖鞋，放輕腳步走出房間。

走廊上很安靜，壁燈維持了光亮，這讓夏蘿鬆了一口氣。倘若走廊上黑漆漆的，她一個人也不敢離開房間。

夏蘿下樓動作輕緩，力求安靜無聲。

但即使有燈光照明，在四周都安靜得不可思議的情況下，說她不緊張，那是騙人的，夏蘿終究還只是個孩子。

夏蘿吞了吞口水，決定動作再快點，等到了一樓，就馬上跑到廚房倒水喝，喝完水趕緊回房。

但下一秒，原本要踩上一樓地面的腳，卻是硬生生停在半空中。

夏蘿抓著樓梯扶手，烏黑的眸子睜大，感覺到心臟又在撲通撲通地急速跳動。

照理說，應當空無一人的客廳內，居然無預警地立著一抹和夏蘿差不多嬌小的人影。

可是，夏蘿記得很清楚，這個家裡並沒有自己以外的小孩。

她慢慢將懸空的右腳縮了回來，不知道那抹人影有沒有注意到自己的存在。

那抹人影背對著夏蘿站在客廳門口處，垂散在背部的頭髮長長鬈鬈的，而且由姿勢判斷，似乎懷裡抱著什麼。

夏蘿不安地屏著氣，正當她想向後再退一步，那抹背對她的嬌小人影忽地轉過身來。

是那名小女孩……是那名穿著白洋裝、在夢裡出現的小女孩！

夏蘿臉蛋刷白，聲音卡在喉嚨裡，一時竟無法出聲。害怕就像隻無形的大手，一把捏住她的心臟，然後慢慢地收攏手指。

夏蘿怎麼可能不害怕？在夢裡出現的人，現在可是真正站在自己面前啊！

一聲細微的悲鳴從嘴唇間流洩出來，夏蘿想要逃走，然而雙腳卻像生了根，怎樣也沒辦法聽從指揮。

快跑、快跑……夏蘿急得眼淚都快掉下來了。

彷彿不知道夏蘿心中的畏懼，穿著白洋裝的小女孩不說也不動地看著她，臂彎裡還抱著一隻兔子玩偶。

光是被對方這樣注視，夏蘿就覺得身體發冷，腦袋開始痛了起來。

快跑，快跑……夏蘿無聲地催促自己，就連膝蓋也在發抖。

下一瞬，穿著白洋裝的小女孩忽地對夏蘿咧出一抹古怪至極的笑。

夏蘿心裡的警鐘瘋狂敲起，她對自己尖叫一聲「快跑」，兩條腿終於聽從使喚地踏上樓梯。

可是夏蘿不知道，當她轉過身的瞬間，濃鬩深暗的黑影倏然從小女孩雙腳下湧出。那些黑影快得讓人無法想像，它們如同破柙而出的不祥凶獸，貼著地毯，迅雷不及掩耳地竄向急欲逃上樓的夏蘿。

令人不快的冰涼黑暗纏捲上夏蘿的腳。

年幼的孩子低下頭，小臉布滿駭恐，放聲尖叫。

旋即，客廳裡燈光驟滅，淒厲的尖叫被黑暗吞吃進去，轉眼變得死寂無聲。

連接著客廳與二樓的樓梯上，一個人也沒有。

什麼人也沒有了。

三樓的其中一間客房，雖然門扉緊閉，但從門縫底下卻流洩出燈光。

坐在桌前的左容闔上書，雖然剩下不到三分之一就能讀完，但她沒有熬夜的打算。

這名高挑中性的少女將書擺回桌上，按按有些發痠的眼角，等到痠澀感稍微退去一些，才站起身，動動同樣也有些僵硬的肩膀。

門外已聽不見任何聲音，大宅裡一片靜悄悄，進入耳中的唯有安靜。

左容關掉房裡的燈，大片黑暗當頭罩下，唯一僅存的光源就只有從門縫下溢進的昏黃光線，那是門外走廊的壁燈。

左容雙眼立即適應了黑暗，她毫無滯礙地走到床邊，瞄了眼窗外，漆黑的夜幕上掛著一彎月亮，歪斜的形狀，簡直就像是天空被撕裂了一道口子。

窗簾被「唰」地拉上，看不見夜空，也看不見月亮。

左容不是個會認床的人，她在哪都可以按照自己的步調入睡。不久，睡意便襲上了她，意識也漸漸變得朦朧。

就在她要陷入夢鄉之際，一道屬於小女孩的尖叫聲驟然撕裂夜色。

是夏蘿嗎？左容第一時間想到夏春秋的妹妹。

清明瞬間回籠，左容沒有任何猶豫，立刻翻身下床，一套上鞋子，便飛快朝門口衝去，且不忘抓過擺在桌上的髮圈，三兩下就將披散的髮絲束成俐落的高馬尾。

當左容來到走廊上，她隔壁的房門亦同時被人開啓。一抹人影出現在燈下，閃爍著赤艷光澤的紅髮第一時間就點明了對方的身分。

是左易。

對上左容的視線後，左易神色陰沉地說道，「聽起來像小不點。」

這句話如同一個開關，兩人不再多言，拔腿直奔往樓梯口。

夏家兄妹的房間被安排在二樓，假使不下樓看，根本無從得知究竟。

就在這時，又一道尖細的尖叫撕開屋子裡的寧靜。同樣屬於小女孩的聲音，但這次卻比上一回模糊，就連左易也分辨不出這是不是夏蘿的尖叫聲。

嘴上雖然不說話，可是左易的臉色難看得嚇人。

突然間，跑在前頭的他停下腳步，就連左容也硬生生停步。兩人眉眼間都凝著一股尖銳的警戒。

三樓的走廊又寬又長，牆壁上每隔一段距離就架置著一盞照明用的壁燈。由於已是深夜，壁燈的光線被調成最微弱的昏黃。

然而光憑這個亮度，就已足夠照清周遭一切光景。

有影子出現。

樓梯口的轉角處，有一抹被拉得扭曲歪斜的影子，逐漸從地毯上伸展出來。從形狀上看，仍然可以看得出那是人的影子。

一個人、兩個人、三個人、四個人，總共四名男女自轉角處出現。面孔雖有絲陌生，但從他們的裝扮來看，能看出他們全是葉家的傭人。

只不過和一般傭人的最大差異，便在於這四人手中，兩名女性手持菜刀，另外兩名男性則是手握一公尺長的粗棍棒。

「怎麼？這就是所謂的待客之道嗎？」一瞬的吃驚過後，左易唇邊揚起不屑的冷笑，一雙眼睛銳利得嚇人，「這種待客之道，還眞是有趣。」

「請客人們不要離開自己的房間。」一道聲音說。

可是，這道聲音卻不是出自走廊前端四人之口，而是來自於——後面！

就在「後面」兩字閃過左容與左易腦海時，左容耳邊亦捕捉到一陣近於空氣被撕裂的聲音。

警告訊號響起，左容眼一瞇，迅雷不及掩耳地回身一記側踢。毫不保留的力道狠狠踢上了某人的手腕，進而使得對方踉蹌跌坐在地，手中的棍棒抓握不住，滾到手指邊。

那同樣也是葉家的傭人。奇異的是，他的手腕明明已呈現不自然的角度，臉上卻沒有露出因爲疼痛而扭曲的表情。

他只是抬起頭，喃喃重覆了一次「請客人們不要離開自己的房間」，緊接著他用另一隻正常的手抓起棍棒，搖搖晃晃地站起身，竟然再度掄起棒子，朝左容他們揮下。

與此同時，另一端的傭人們也採取相同動作。無論男女，他們喊出如出一轍的話語，舉起棍棒或是菜刀，毫不猶豫地就朝兩人攻擊。

「請客人們不要離開自己的房間。」

「請客人們不要離開自己的房間。」

「請客人們不要離開自己的房間！」

那是如此詭異又古怪的一幕，喊著同樣的話語、面無表情、眼神有些發直的五名傭人們，簡直就像被操控的傀儡一般，失去了自我。

「幹！這是在搞什麼鬼？」左易咒罵一聲，在離他最近的女傭揮刀砍下之際，已側身退避開來。他沒有在意左容的安危，他知道對方根本不需他的在意。

揮刀落空的女傭馬上再緊逼上來，她的攻擊毫無章法，只是胡亂地握著刀亂砍亂揮。從這就能看得出來，她並不習慣做這種事。

可是，左易哪管對方習不習慣，是不是被控制又與他何干。他的瞳孔散發出危險的光芒，避開了森冷刀鋒的瞬間，他抓準空隙，反手扭住對方手腕，強大的力道逼得人無法再握刀揮下。

下一秒，左易抬起膝蓋，粗暴無比地撞上對方肚子，衝擊力同時不留情地壓迫著她的胃。

只見女傭失去支撐力跪倒在地，雙手緊摀著肚子，即使臉上面無表情，卻發出了痛苦的呻吟。

左易握著奪來的菜刀，用刀柄重重敲在女傭後頸上。待對方喪失意識，身體倒下的同一時間，他彎身避開由側邊襲來的攻擊，揮空的棍棒擊上牆壁。

左易眼角餘光一瞄，手中菜刀飛快轉個方向，由下而上地一揮，俐落地將那根棍棒劈成一長一短的兩截。

長的那截掉落在地，短的那截則還握在攻擊者手中，只是卻沒辦法再發揮攻擊效用。

趁著這機會，左易忽地將菜刀踢得遠遠的。

只要讓那些傭人碰不到刀子就好，他可沒興趣眞的拿這東西砍出人命。

他猛地往前衝去，捏緊的拳頭在面前傭人反應過來之前，重重擊上對方的下巴。之後又快狠準地補上數拳，打得對方毫無反擊之力，最後硬生生被揍暈過去。

同時，另一端也傳來重物倒地的聲音。

左易甩甩有些發疼的指關節，順著聲音來源看過去，只見左容腳邊也癱倒著兩名傭人，一男一女，一個閉著眼失去意識，另一個只能虛弱地吐出呻吟。

五名傭人轉眼只剩下一人，而此刻這最後的一人，正站在左容背後，高舉著棍棒，打算趁機偷襲。

看到這幅光景，左易卻是眉毛挑了挑，沒有出聲警告，唇角掛著嘲弄。那絲嘲弄，當然是針對那名偷襲者。

綁著高馬尾的少女察覺到後方異狀，她神情未變，轉身就是一記強而有力的迴旋踢，鞋背直接掃上對方的臉，當場將人踢倒在地。

遭受一記狠踢的傭人狼狽地咳了好幾聲，一顆帶著血的臼齒咳了出來，滾落在地。可是對方就像是感受不到痛楚，他抹抹嘴，面無表情地舉著棍棒爬起來，衝向前方的少女。

左容一把拽住他的衣領，腳下一轉，在自己像是旋身縮進對方懷裡之時，迅雷不及掩耳地將人拋摔出去。

背部和頭部受到重擊的傭人，當場一聲不吭地昏死過去。

任憑五名傭人橫躺在走廊地毯上，左容和左易看也不看一眼，拔腿朝樓梯口奔去。

然而當他們來到二樓時，卻突然同時停住了步伐。

左容看到一抹穿著睡衣的纖瘦身影站在夏春秋房前，鑲在牆上的壁燈清楚映出那張明媚卻蒼白的臉孔。

那是葉心恬。

然而左易的視線卻被一樓客廳的嬌小身影所攫住，他看到長髮披散的小女孩光著腳，像是被什麼東西追趕似地跑到門前，倉促地轉動門把，然後頭也不回地跑出去。

左易無法立即斷定那是不是夏蘿，畢竟二樓的樓梯口離大門有一段距離，而且壁燈的昏黃光芒也無法照得那麼清楚。

左容與左易甚至連眼神交換都沒有，兩人毫不遲疑地邁開步伐，分別往自己鎖定的方向奔去。

第八章

當夏蘿赤著腳推開門扉、離開房間的時候，夏春秋正陷入一場又深又沉的夢中。

他看著忽明忽暗的洞窟，岩壁上凸出的鐘狀或圓柱狀的石頭，以及不時從孔洞裡流洩而出的暗紫，讓他回想起到葉家大宅第一天所作的夢。

所以說……這是上一場夢的延續嗎？

夏春秋茫然地想著，眼前是好幾條不知會通向何處的深深隧道。他猶豫是要轉身往洞口走出去，還是選擇狐狸曾進去過的隧道。

驀地，一道尖厲叫聲回響在洞窟裡，刺得夏春秋耳朵發痛，心臟重重跳了一下。

那聲音就像是小動物受傷時發出的悲鳴。

該不會是那隻狐狸？夏春秋心急如焚地在幾條隧道前徘徊，一時無法判斷聲音究竟來自哪裡。

緊接著，又一聲淒鳴傳了出來，這次聲音更接近、也更清晰了。

是中間的隧道！夏春秋忙不迭拔腿追上去，他腳步又急又快，雙手拚命擺動，就怕自己慢了一步，讓那隻狐狸遭到不測。

但長長的隧道就像是沒有盡頭一樣，夏春秋不知自己跑了多久，就在他的肺部如火燒、雙腳也開始越來越沉的時候，赫然發現前方竟然矗立著一扇門。

因爲掛念著狐狸，他豁出去地用力拉開門，然而一看清楚眼前畫面，身體猛地僵住了。

這是個昏暗的房間，圓桌上燭火正輕輕搖曳，橘紅的火焰在牆面上映出一圈幽幽的光暈。

圓桌前方有名身形佝僂的蒼老女人，她雙眼緊閉，不斷蠕動的乾癟嘴唇似乎在快速喃唸著什麼。圓桌後方則是數個緊緊挨在一起的人，他們臉上充滿畏懼。

奇異的是，不管是那個蒼老女人，或是圓桌後方的一群人，明明夏春秋與他們之間的距離如此之近，甚至只要伸出手就可以碰觸到，卻沒有任何人察覺到他的存在。

就好像，他們看不見夏春秋這個人。

這個發現讓夏春秋更加不安了，他向後退了一步，想要回到隧道裡，一回頭卻發現自己再也找不到那扇門，眼前是一堵硬實的牆壁。

「怎麼可能？」這個事實衝擊得夏春秋驚呼一聲，聲音一出口，他立即抬起手摀住嘴，並且飛快轉回去，緊張地瞧著那些人。

圓桌後的人毫無反應，只是神色恐懼注視著某個方向。

夏春秋順著他們的視線看過去，注意到牆面上竟然浮現著一道猙獰黑影。

那是個似獸非獸、似人非人，晃動著三條長長尾巴的影子。大張的嘴巴露出了尖銳的利牙，彷彿隨時要從牆上撲出，吞噬掉房內所有人。

蒼老女人喃誦的速度越發快速，無法辨識的音節從張闔的嘴唇裡湧出，牆上凶獸頓時發出更加刺耳的尖嘯。

待在圓桌後的人們忍不住用手摀住耳朵，露出痛苦的神色。只有夏春秋不受尖嘯影響，但他眼裡卻滿是震驚，那是、那是……他在洞窟裡聽到的聲音！

桌面上的燭火晃得更加厲害，彷彿只要再多一道風，就可讓燭火熄滅。

「愚蠢的人類！」

形態猙獰的黑影狂暴嘶叫，身後尾巴高高豎起，像極了野獸撲向獵物前的準備動作。

「你們忘了是誰賜予村子平安？是誰帶給村子繁榮的嗎？」

「我們、我們自然不敢忘記大人的恩惠。」從瑟縮的人群之中站出一抹顫巍巍的身影，那是個外表富態的中年男人，他故作鎮定地開口，「但與其讓大人花費太多心力在其他人身上，我們葉氏一族更需要大人的庇佑……」

「自私自利的人類，你們眞以爲用個道術對付我，就能讓我答應這種愚不可及的要求？」

「我們當然知道大人不會輕易點頭……」中年男人抬起了頭，他的聲音充滿執拗，「但我們也知道大人的力量是來自體內的寶珠，只要擁有您的珠子，就可以永保我一族繁榮。」

就在這個時候，蒼老的女人終於停止喃誦那些古怪音節，她張開原閉闔的眼，露出裡頭混濁的瞳孔。

隨著古怪音節的消失，牆上猙獰的影子也淡化不少，原本洶湧蠕動著的黑色慢慢褪成了淺灰。

呼的一聲，桌上燭火驀地被吹熄了，失去照明的房間終於歸爲一片深暗。但是，在黑暗籠罩這個封閉空間之前，卻沒有人注意到，牆上晃動的尾巴悄然地從三條變成了一條。

蒼老的女人喘著氣靠在桌邊，背後滲出的汗水幾乎沾濕了衣服。但還沒等她撐起身子站穩，一條黑影猛地從牆面掙出，前端化成箭矢般的形狀，凶暴地插入她的胸口。

只見蒼老女人痛苦地彎下身，從喉嚨擠出不成聲的氣音。然後，響起滴答的水聲。

「鄭師婆……您還好嗎？」中年男人從懷裡掏出一根蠟燭並點燃，向前走了幾步，卻意外發現腳下所踩的是一灘暗紅液體。

他驚悚地瞪大眼，看向摀著胸口的蒼老女人，從她指縫間正不斷滑落更多腥紅，如同鐵鏽般的味道滲進鼻間。

「鄭、鄭師婆！」中年男人嘶聲喊著，驚慌失措地向後退了幾步。

但是那名蒼老女人卻伸出手，死死抓著他的衣角，斷斷續續地開口。

「你答應過……答應過我的報酬……一定要兌現！你們葉家……必須、必須照顧我的孫女，讓她們去城裡唸書……保她們衣食無憂，平平安安地長大！」

蒼老女人說到最後一句話的時候猛地拔高，淒厲又刺耳。

中年男人慌張點著頭，又驚又懼地看著對方胸口的血洞。

而圓桌後方的其他人更是哆嗦地擠成一團，誰也不敢上前探看。

夏春秋不敢置信地看著那名蒼老女人，他想起了白天在湖邊遇到鞏惠蘭的事情，想起她所說的那段發生在三十年前的往事。

紫晶村、鄭師婆，以及——夏春秋飛快將視線移向黑影原本盤踞的牆壁，這個時候牆上自然空無一物，但三個字卻猛地躍出腦海。

守護神！

「咯咯咯咯——」

尖厲的笑聲突地響起，如同平地炸起一聲雷，連整棟屋子都被撼動一般。

「自私自利的葉氏一族，爲了懲罰你們的膽大妄爲，我將轉生在你們一族。你們就慢慢地猜吧、殺吧，看是你們先找到我的轉生殺掉我，或是我先毀掉你們這一族！」

「怎麼辦……鄭師婆、鄭師婆！我們要怎麼知道誰才是守護神轉生？」中年男人心急如焚地問。

「印記……」身形佝僂的蒼老女人說出這兩個字之後，就像斷了線的木偶滑落在地，一雙渾濁的眼睜得大大的，卻再也無法聚焦。

封閉的空間裡，只剩下尖銳高亢的大笑不斷迴盪……

夏春秋猛地睜開眼，卻看見一張蒼白明媚的臉孔出現在他上方。那雙眸子閃爍著熠熠光芒，就像是鎖定獵物的野獸，下一秒即將揮出爪子。

他還沒有反應過來，一把閃著森然光芒的利剪已迅猛朝他脖子落下。

夏春秋駭然地瞪大眼，聲音卡在喉嚨裡，連尖叫都無法，只能眼睜睜看著一身睡衣的葉心恬跨坐在自己身上，手裡握著的利剪即將要刺穿自己的脖子。

但是，有誰比利剪落下的速度更快，一條手臂粗暴地扯住葉心恬，猛力將她扯下床鋪，千鈞一髮之際，硬止住了慘劇的發生。

一切發生得太快，快到讓夏春秋沒法反應過來，只能怔然地瞪大眼，直到一聲蘊含關切的「小夏」從門外傳入，他才僵硬地眨了下眼，心神未定地坐起來看向床下。

被摔到地板上的葉心恬正死命掙扎，左容神色狠厲地箝住她的動作，右手粗暴地將她的頭壓在地上，不讓她撐起身子，再一腳將利剪踢到牆邊。

從外頭跑進來的林綾先向夏春秋投去關心的一眼，隨即趕到左容身邊，試圖接近葉心恬。

「小葉、小葉……」林綾蹲下身子，神情凝重地喊著，但葉心恬卻像是沒聽到般，只是掙扎著想要把壓在身上的左容推開。

那張明媚的臉孔如今只剩下癲狂的神情，完全找不出平時高傲優雅的模樣，就像是隻陷入狂暴的野獸，讓人看得觸目驚心。

「抱歉了，小葉。」左容斂著眉眼，一記手刀落下，終止了葉心恬的掙扎。

看著失去意識、癱倒在地的葉心恬，夏春秋臉上除了茫然還是茫然。他不知道為什麼對方會半夜潛進自己房裡，更不清楚她怎像變了一個人似的，握著利剪對自己下手？

將葉心恬扔給林綾照顧，左容從地上站起，關切地看著夏春秋，「還好嗎，春秋？」

夏春秋驚魂未定地摸著脖子，點點頭，表示自己沒事。但下一秒，像是發覺什麼異樣，猛地轉頭看向另一邊。

本來應該躺在床上的夏蘿竟然不見蹤影。

「小蘿！」夏春秋慌張地爬過去，甚至還彎身掀起床單下襬，但床下依舊找不到夏蘿的身影。

他焦灼地撐起身體看向左容，卻看到對方嚴肅的神情。

「左易去找小蘿了。」她坐到夏春秋身邊，按住他的手，「你先冷靜一下，告訴我，剛剛到底發生了什麼事？」

「我不知道……」夏春秋搖搖頭，「我一醒來，就看到小葉在我床上……」

他看向被林綾攙扶起來的葉心恬，似是察覺他的視線，林綾回以一抹苦笑。

「我聽到有人在尖叫，所以就醒來了，結果卻發現小葉不在床上……」她猶豫地抿了抿唇，最後還是開口了，「那個尖叫的聲音，很像是小蘿。」

這個答案讓夏春秋再也顧不得昏迷的葉心恬，心慌意亂地跳下床，連鞋子都沒有穿，赤著腳就向房外衝出去。

「春秋！」左容見狀，連忙一把拽住他的手，制住他前衝的態勢，「不要衝動！」

「可是小蘿她——！」夏春秋心急如焚地想要甩脫左容，但左容手指握得很緊，說什麼都不肯放開他。

「我跟你去。」左容語氣不容反駁，堅定地說，「來，你先把鞋子穿上。」

面對左容強硬的態度，夏春秋深呼吸一口氣，試圖穩下紊亂的心緒。等他匆匆套上鞋子後，手腕上的力道才鬆了開來。

「林綾，小葉就拜託妳了，我得去找小蘿。」夏春秋轉過頭，發現林綾已將葉心恬放到床上，那雙似水的眸子正體諒地看著他。

倉促地說了聲「抱歉」，夏春秋便急忙跑出房間，左容尾隨其後，不過在離去之前，她卻簡短地拋下一句話。

「小心那些傭人。」

走廊上，壁燈發出微弱的光線，將夏春秋與左容的影子拉得長長的。

兩人並肩而行，並且提高警戒，凝神注意四周。

左容沒有忘記先前在三樓時，她與左易遭到攻擊的事。那些傭人面無表情、眼神發直，但力道卻出乎意料地大，就像方才的葉心恬一般。

這狀況讓左容眉頭擰了起來，英氣中性的臉孔覆滿嚴肅，她看了身旁夏春秋一眼，隨即不著痕跡地落後對方一步的距離，將夏春秋的後背收在自己的視線範圍。

這種情況下，如果向他提出由自己打前鋒的事，他肯定不會答應的。

和夏春秋相處的這段時間，左容知道他雖然靦腆害羞，一緊張說話就容易結巴，但對於自己的原則卻極爲堅持，在遇到危險的時候，不允許自己被動地接受保護。

左容腦海飛快閃過在紅葉村的遭遇，那個時候，夏春秋明明害怕得不得了，卻在她被歐陽若攻擊時，仍竭力撐起身子，擋在她前面。

她注視著夏春秋的身影，一雙狹長眸子逐漸變得柔軟，但很快地，她壓下了那些雜思。

她注意到前方的少年忽然停下腳步，她也跟著速度一緩，恰好站在他身邊。

「怎麼了，春秋？」左容低聲問道，同時警戒地巡了四周一圈。

「有聲音。」夏春秋像是在側耳傾聽著什麼。

他們現在正停在二樓樓梯口，原本夏春秋是要往下走的，卻忽地聽到一道細微的聲音，讓他瞬間定住步伐。

那聲音極其模糊，有些稚氣，像是隨意哼著歌似的。

「有人在三樓？」左容也聽到歌聲，她在猜測對方的身分時，心底同時滑過一抹異樣。

左容記得，三樓走廊上還躺著那些被他們擊倒的傭人。

「小蘿！」夏春秋想也不想地往上跑。

左容見狀，毫無猶豫地緊跟在後，一口氣跨兩級階梯，很快就追到夏春秋身邊，與他同時站在三樓的走廊上。

才剛站定，夏春秋就被眼前的畫面驚呆了。走廊上橫倒著數個失去意識的傭人，原本華貴的紅絨地毯此時只能用一片狼藉來形容。

「發生了什麼事……」夏春秋下意識就要跑向離他最近的一個傭人，探看對方的狀態。

但左容卻快了一步扯住他的手臂，示意他看向前方。

一抹穿著白洋裝的嬌小身子正背對他們，手裡似乎抱著什麼，稚氣又模糊的歌聲從她的方向飄過來。

就在這時候，壁燈忽明忽滅地閃爍起來，將那道身影映得朦朦朧朧，教人看不真切。

「是……小蘿嗎？」夏春秋試探性地喊，如果不是左容還抓著他的手，他或許會不顧一切地衝上去。

嬌小的身子回過頭，長而柔軟的鬈髮隨著這個動作晃出弧度，露出了那張蒼白小臉。陌生，卻難掩精緻的稚氣臉蛋。

「嘻嘻。」小女孩懷裡抱著一隻灰撲撲的兔子玩偶，發出了咯咯的笑聲，小小的嘴唇翹了翹。

夏春秋還沒反應過來之際，她忽地抱緊兔子玩偶，轉回頭往前跑。

「黑色天空，月亮高高。來來來，我們來玩踩影子～」

出於一種說不清、道不明的直覺，夏春秋忽地掙脫左容的箝制，邁步追上去。

「春秋！」左容愣了一下，但她反應很快，只比夏春秋慢了幾秒就有所動作。

「在地上晃動的黑色是什麼呢？是你的影子，他的影子，卻沒有我的影子。」

小女孩歌聲清脆，動作如貓般靈活，輕巧地跑在紅絨地毯上。

很快地，她在走廊底端的房門前停了下來，伸手打開門，飛快閃身進入房裡。

喀，門板像是有自主意識般闔起，隔絕夏春秋與左容的視線。

當他們重新打開門後，映入眼底的卻是空無一人的書房。燈光照射下，高聳的書牆散發出無形的壓迫感。

夏春秋在書房裡四處查看，卻絲毫找不到小女孩的身影，她就像是突然從這個空間裡蒸發似的。

左容謹愼地環了周圍一圈，卻發現角落邊的一座書櫃格外怪異。它並不像其他書櫃都貼著牆壁，反而有些突出，甚至與隔壁書櫃之間有一道細窄的黑色縫隙。

左容眉頭微擰，來到那座書櫃前方，伸手試探性地往旁邊一推。

書櫃毫無窒礙地向另一邊滑開，露出一條向下的黑暗通道。

左容吃了一驚，但立即冷靜下來，仔細打量起這條不知通往何處的密道。

藉由書房裡的燈光，可以大略看出那是一座向下的石梯，只是石梯有多長，下面有什麼，就不是可以一眼窺穿的。

下面實在太暗了，幾乎伸手不見五指。

左容推測，剛才的小女孩應該是跑進密道裡，不然無法解釋對方爲何會平空消失。

但，這件事卻又透露出另一個詭異的地方。爲什麼穿著白洋裝的小女孩會知道葉家大宅的密道？而在他們暫住葉家的這幾天，並沒有看見夏蘿以外的小孩。

「春秋。」左容轉過頭，遞去一記詢問的眼神，「你認識剛剛的小孩嗎？」

「我不認識她……」夏春秋的聲音聽起來有些飄渺，帶著不眞實的感覺，「但在她跑走的時候，我卻覺得我必須追上去……」

「或許、或許……」夏春秋吸了一口氣，「她與小蘿的失蹤有關。」

左容輕輕握住他的手，低聲說道：「那麼，我們就去找她。」

夏春秋看了看左容認眞的神情，又看向那條不知通往何方的密道，他舔舔有些乾的嘴唇，堅定地點點頭。

確認夏春秋精神狀態穩定下來之後，左容鬆開了他的手，飛快巡視書房一圈，甚至還走到書桌前，拉開所有抽屜。

「左容？」夏春秋有些疑惑地看著她的舉動，只見她從書桌最下層的抽屜中拿出一支手電筒。

「走吧。」重新回到夏春秋身邊，左容打開手電筒，讓黃色的光線在幽暗的石梯上闢出一條光道。

夏春秋沒有猶豫，直接與她一同往下走。

尖細的尖叫無預警響起時，花忍冬被駭得睜開了眼，反射性彈坐起來，耳邊除了怦咚怦咚的心跳聲之外，還有略嫌沉重的呼吸聲。

房內一片寂靜漆黑，可是花忍冬前一刻確實聽見了誰的尖叫聲。那聲音又尖又細，即使模糊，但明顯屬於小女孩所有。

當「小女孩」三字浮上腦海，花忍冬心臟重重一跳。這幢屋子裡，只有一個小女孩。

不會吧？是小蘿？是小蘿出事了嗎？

花忍冬慌慌張張地跳下床，依著睡前的記憶，他伸手摸上床頭矮櫃，果然在櫃子上摸到自己的手機。手指滑過螢幕，手機亮了起來，替房內帶來一絲微弱照明。

接著花忍冬迅速打開手機裡內建的手電筒功能，藉著光源胡亂套上鞋子，拔腿就要衝出房。

然而才跨出一步，花忍冬又硬生生地收住步子。他再瞄了眼手機上顯示的時間，凌晨兩點多。他嚥嚥口水，這樣的時間加上那聲尖叫，他承認自己還是有些心驚膽跳。

下一秒，花忍冬急急忙忙地折回去。

開什麼玩笑！怎麼可以就只有我一個人在那緊張不安個不停呢？

和花忍冬同房的是歐陽明。

與花忍冬的情況完全不同，這個體型圓胖的少年此刻睡得正香甜，不時還會發出小小的呼嚕聲，似乎什麼聲音也沒聽見。

花忍冬也不客氣，捉著對方的臂膀，就是一陣猛力搖晃。

「歐陽！歐陽！你快醒醒啊，歐陽！」顧不得自己拔高的音量在夜間是否會擾人清夢，花忍冬一邊大喊，一邊又是一陣猛搖。

但也不知是不是對方睡得太沉，任憑花忍冬一番叫喊，他還是閉著眼，一臉幸福睡相。眼看同學怎麼叫都叫不醒，心中又掛念著外頭動靜，花忍冬深吸一口氣，將「手下留情」四字拋在腦後。

外貌秀氣的少年瞇細眼，摸上歐陽明圓胖的臉頰，五指毫不留情，惡狠狠地便是一個捏轉。

奇大無比的力道，當場讓睡得香甜的歐陽明嗷叫一聲，屁股像著了火，瞬間彈跳起來，眼角還飆出了淚水。

歐陽明壓根不明白發生什麼事，只覺得臉頰疼得像上頭的肉都要掉下來。他可憐兮兮地呻吟著，手掌貼著疼痛的臉頰，由於房內一片漆黑，所以眼角餘光瞄見床邊有亮光時，他想也不想便轉頭過去。

只是這一轉，頓時使得這名小胖子一口氣硬生生噎在喉嚨，帶著淚的眼睛更是瞪得比銅鈴還大，彷彿望見什麼嚇人的光景。

對於腦袋仍無法好好運轉的歐陽明來說，眼前這一幕確實嚇得他說不出話。

被蒼白光線映照著的臉部大特寫，還有一雙像是要吞了自己的狐狸眼，歐陽明的心臟幾乎要被嚇停了，他反射性扯開喉嚨大叫。

「有鬼——唔唔唔！」

不過本該是中氣十足的大叫，剎那間成了模糊不清的悶哼。

歐陽明驚恐地唔唔叫著，看著前方那張臉猛然扭曲，細長的眼眸像要噴出火焰。

「誰是鬼了？人家哪一點像鬼啊！」

當這道再熟悉不過的聲音進入耳中，歐陽明頓時閉上嘴巴，也不敢再掙扎，腦袋終於重新運轉起來。

「發發？」嘴巴還被人摀著，歐陽明只能發出接近「花花」的音。

「不然你以為會是誰？」見歐陽明總算清醒了，花忍冬鬆開手，不悅地睨他一眼，「太失禮了，居然把人家當成是那種東西？」

歐陽明刮刮臉頰，露出傻笑，也不分辯是因為對方的模樣在半夜容易嚇到人。至於臉上的紅腫，他同樣沒有放在心上。

「花花，怎麼了？你半夜不睡覺是……」歐陽明突然又沒了聲音，不過這次並不是因為花忍冬又摀住他嘴巴，他眼裡流露出震驚，連忙看向花忍冬。

有尖叫聲，有一道聽起來像是小女孩的尖叫聲，從房間外傳了進來。

「花花，你、你聽見了嗎？」歐陽明戰戰兢兢地問。

「我剛就聽見一次。」花忍冬擰起秀氣的眉毛，低頭和坐在床上的歐陽明對望一眼。

下一剎那，兩人誰也不說話，他們忙不迭朝房外衝去。

「小蘿！」

「小蘿！」

急著想跑出房的一瘦一胖人影擠在門口，差點要跌成一團。

走廊上只有昏黃的壁燈光線，四周安安靜靜的，一丁點聲音也沒有，似乎前一刻響起的尖叫不過是個錯覺，其實什麼事也沒發生。

可是不論是花忍冬還是歐陽明，他們倆眞的都聽見了，他們並不認爲會同時兩人都產生幻聽。

夏春秋和夏蘿的房間與花忍冬他們同一層樓，然而一眼望去，夏家兄妹的房門卻是緊緊地閉闔，只有黃色光線從門縫底下透出來。

花忍冬和歐陽明對視一眼，隨即快步跑上前去確認情況。

「小夏！小蘿！」花忍冬舉起拳頭，咚咚咚地敲著門板，扯著嗓音喊道，「如果在房間裡的話，就快點回答人家啊！」

歐陽明也同樣狂拍房門，吵雜的聲響迴盪在走廊上，卻完全沒有得到回應。不只是夏家兄妹的房間透出一片死寂，就連同樣位於二樓、葉心恬的房間，都沒有傳來任何動靜。

照理說，歐陽明與花忍冬敲門的聲音如此之大，應該會引來其餘人的注意。

但是，沒有，二樓走廊上像是只剩下兩個少年而已。

究竟是發生什麼事了?毫無回應的房間不能給予他們答案。

花忍冬咂了下舌，停下拍門的動作，握著門把用力轉了轉，房門上了鎖，然而這樣卻更加詭異了。

既然房門由內鎖上，便顯示應該有人待在房間裡，但在這種連死人都可以吵醒的噪音下，房間卻出奇地安靜。

「抱歉了啊。」花忍冬忽然說了這麼一句，雙手合十地對著門板做了一個致歉的動作。

下一秒，他忽地伏低肩膀，猛地向房門撞去。

花忍冬的怪力，歐陽明是清楚的。因此看到花忍冬的舉動時，他立即向旁退開。然而出忽他的意料，原本以為應該會被撞開的門板竟然文風不動。

「怎麼可能?」花忍冬也傻眼了，他不死心地又撞了幾次，肩膀都撞得有些疼了，眼前的房門卻絲毫沒有動靜，連晃一下都沒有。

呆立在夏家兄妹房間前好幾秒，花忍冬終於拉回神智。

「歐陽，我們到樓上看看!」

「咦?啊，好。」

歐陽明慢一拍做出回應。見花忍冬奔向樓梯口，他也邁開步伐，追在對方身後。

第九章

因爲急著找人，花忍冬一時忘記注意周遭動靜，他三步併作兩步地跑向樓梯口，卻和另一道下樓人影撞個正著。

兩方顯然都沒看清前方是否有人，他們狼狽地跌坐在地毯上及樓梯上，同時發出慘痛的哀叫聲。

「花花！」聽見同學的哀叫，歐陽明急得加快腳下速度，連忙跑上前查看，卻沒想到通往三樓的樓梯上跌坐著一抹稱得上有點熟悉的身影。

「哥……哥哥？」歐陽明詫異地喊，不明白葉心恬的哥哥怎會出現在這。

聽聞歐陽明驚呼，葉瑞按著發疼的腦袋抬起頭來。一瞧見那張吃驚但依然給人憨厚印象的圓胖臉龐，他忍不住先紅了臉。

「你、你好啊，歐陽。」葉瑞情急之下只擠得出這樣的一句話，他慌張地想站起身，可也不知道是絆到腳，還是雙腿突然無力，剛一抓著樓梯扶手站起，猛地又一屁股滑坐下去，於是那張英俊的臉孔上只能浮現尷尬和困窘。

「不是說你好吧，哥哥？你沒事和人家撞在一塊幹嘛？」等到眼前不發黑了，花忍冬從地毯上爬起，對著眼前看似幹練，但實際上卻有些笨手笨腳的男人發出不滿的微詞。

「我是因為聽見尖叫……」葉瑞也站了起來，他困惑地皺著眉頭，下意識仰頭向三樓望去，「聽起來很像是小孩子的尖叫聲，我以為是出了什麼事才衝出來，卻看到……好幾個傭人倒在走廊上。」

越說，葉瑞自己也越覺得奇怪。他聽見尖叫聲就立刻衝出房外，可是在走廊上，卻看見紅絨地毯一片狼藉，五個傭人狼狽昏倒在地，身上甚至有多處外傷。詭異的是，如果三樓走廊曾發生這麼大的騷動，房裡的他應該會察覺到異樣，但他唯一感覺到的不對勁，卻只有那聲尖叫。

而且住在三樓的左容與左易，房門都是開啓的，房內則是空無一人。

那樣的情況，就好像他們比自己早一步採取行動。但再怎麼早一步，也不可能沒撞上其他人，或是沒聽見奔跑聲之類的。這一點，葉瑞怎麼想也想不出合理的解釋。

乍聞葉瑞的話，花忍冬和歐陽明則是心中一愣。三樓沒有人，二樓也沒有人，那麼……

「在一樓嗎？」兩名少年齊聲叫了起來，心繫著夏蘿的安危，他們立即採取行動，一前一後地衝向樓下。

見狀，葉瑞也慌忙追上，「等一下！你們兩個怎麼能跑在我前面？喂，歐陽，在我後面我才可以保護你啊！」

聽著身後的叫喊，花忍冬還眞想翻個白眼。

不過比起這個動作，花忍冬現在最想做的事是趕緊衝到一樓，查探一切究竟。

三人急促的腳步聲在屋子裡顯得格外響亮刺耳，將盤踞在樓梯間的寧靜全部敲得粉碎。照理說，這麼大的動靜，早該引來其餘人，可是別說人影，就連奔跑聲以外的聲音也沒聽見。

這幢偌大的建築物裡，簡直像只剩下跑下樓的三個人而已。

花忍冬等人很快就跑到一樓，客廳的壁燈沒有亮起，不過憑藉窗外的月光，還是能隱約瞧見廳裡的輪廓，不至於伸手不見五指。

在樓梯前站定腳步，三人看著昏暗的客廳，一時不敢貿然動作。他們都知道，眼下的發展實在太奇怪了。

沒有三人以外的人，沒有三人以外的聲音，其餘人似乎都從這間屋子裡消失蹤影。

一陣不安的沉默過後，葉瑞率先開口，「我看……我們還是先開燈好了。」

沒人反對這個意見，黑暗在當下只會製造出更多的不安。

身爲這幢大宅的主人之一，葉瑞自然清楚電燈開關在哪裡。他沿著牆壁一路摸索過去，直到手指摸到開關。

瞬間客廳裡光線大亮，懸吊在半空的黑鐵吊燈綻放出光芒，眾多燈泡折射著枝架上的水晶裝飾，使得整座大吊燈更是華麗無比。

充足的光線驅散了所有黑暗，客廳中一切景物都能看得一清二楚。可是，站在樓梯前的花忍冬和歐陽明，以及手指還按在電燈開關上的葉瑞，三人的表情如此愣怔。

木門前，以及左右兩側的走廊入口，居然無聲無息站著七個人。這七個人全都是葉家的女傭，也不知道她們是從何時就站在那裡，她們面無表情，手裡拿著菜刀、棍棒，甚至是掃把，就這麼靜靜地站在原地不動。

這情景怎麼看都是古怪至極、詭異至極。

「妳們這是做什麼？」即使內心感到不對勁，葉瑞還是端出主人的威嚴，他沉下臉，語氣裡夾雜著濃濃的不悅，「是誰准妳們做這種事的？還不快立刻退下！」

雖然平時個性迷糊，但當葉瑞斂起笑容，板起了表情，確實有幾分魄力。

可是那七名女傭卻是毫無動作，她們依然握著菜刀、棍棒或是掃把，臉上絲毫沒有因為主人不悅，就露出畏怯的神色。七雙眼睛直勾勾地盯著花忍冬等人，眨也不眨一下。

見此情景，葉瑞聲音中的怒意加重，「妳們是沒聽見我說的……！」

葉瑞質問的句子忽然中斷，因爲最中間的女傭向前踏出了一小步，她說，「請客人們不要離開自己的房間。」

「請客人們不要離開自己的房間。」

下一秒，全體七人齊聲說道，並高舉手中握著的武器，毫不猶豫地朝著三人衝去。

「請客人們不要離開自己的房間！」

那擺明著就是攻擊的姿態！

「哥哥小心！」也不知道是花忍冬還是歐陽明的大叫。

距離女傭最近的葉瑞，首當其衝成了被攻擊的目標。那些在葉家幫傭的女性們，就像是認不出面前的褐髮男人是誰，眼看其中一人的菜刀就要砍至葉瑞身上，被此刻光景驚得呆然的他，卻是一時仍反應不過來。

千鈞一髮之際，一個碩大花瓶凌空砸來，不偏不倚砸在揮刀女傭身前。花瓶瞬間碎了一地，發出巨大聲響，迸射的碎片部分刮在女傭身上，沒有受到保護的手臂、臉頰立刻浮出數道血痕。

突然砸來的花瓶，不僅僅阻止了女傭們的動作，也驚回葉瑞的神智。

不敢再有遲疑，也無暇去追究女傭們的不對勁，在前方女子再次揮刀之前，葉瑞慌忙地跑向花忍冬和歐陽明身邊。

「這、這是怎麼回事？」葉瑞有點結巴，雙手下意識抓住歐陽明的手臂，但隨即又想到這樣不對，馬上挺起自己的胸膛，張開雙臂擋在歐陽明身前，「歐歐歐歐陽你們別怕，我會保護你們的！」

歐陽明不知道該不該提醒對方，他的聲音都在抖了。

「你這位葉家人都不知道了，人家又怎麼會知道？」花忍冬看著朝他們奔來的七個人，他彈下舌頭，「歐陽，你和哥哥自己找地方躲去。人家沒說可以出來之前，不准出來！」

拋下這句命令式的話，外表秀氣的少年隨手再往旁抓了個東西，直接就是扔向女傭們。

「哇！花花你怎麼又拿別人家的花瓶砸？」拉著葉瑞，依言躲到安全處的歐陽明一回頭，忍不住驚呼出聲，「那個看起來很貴啊！」

「現在是這個花瓶重要，還是咱們的性命重要啊？」花忍冬頭也不回地拉高聲音。他扔出的花瓶這次準確地砸在一個女傭身上，加諸在花瓶上的強大力道，使得對方發出痛苦的叫喊，失去平衡地跌坐在地，花紋繁複的花瓶也裂成大小碎片。

但出人意料的是，跌坐在地、身上也被刮出數道口子的女傭，雖然溢出了呻吟，然而臉上卻沒有浮現任何痛苦的神色。這點，和剛剛的女傭一模一樣。

花忍冬當然注意到這份古怪，只是他也沒時間去深思這個問題。

另外六個女傭並不會因爲同伴受傷就停下攻擊，她們高高舉起手中的武器，使盡全力對著手無寸鐵的花忍冬揮落。

姑且不說掃把和棍棒落到身上會怎樣，那泛著森冷光芒的菜刀，無論如何都不是鬧著玩的。發現手邊沒東西可扔砸，花忍冬急忙向後躍退數步，避開了第一波攻擊。

趁著第二波攻擊還未逼來之前，花忍冬抓住樓梯扶手，飛快翻身自側邊跳了下來。當鞋底一踩上地毯，他立刻直起弓著的身體，拔腿往另一個方向跑。

當花忍冬在客廳邊跑邊躲閃的同時，歐陽明則是拉著葉瑞，不停改變藏身的位置。他知道自己只要不添亂，就是給花忍冬的最大幫助。而花忍冬雖然身手比不上左易那般矯捷狠戾，但一身與生俱來的怪力也足夠補足弱勢。

就在歐陽明這麼想的時候，映入眼中的光景卻在瞬間令他驚叫連連。

「慢著，花花！那可是別人家的壁畫啊！」歐陽明臉色微白，一雙瞇瞇眼驚恐睜大，不敢置信地發出慘叫，「你千萬不要……」

最後面的句子，歐陽明已經喊不出來了。他不忍目睹地閉上眼，耳邊響起的是某種東西破裂的沉悶聲音——花忍冬扯下了牆上的壁畫，將之當成武器使用，毫不客氣地砸上一個逼近他前方的女傭。

過猛的力道搧上了女傭的腦袋，連悶哼都來不及發出，對方細瘦的身軀當場癱倒在地，雙眸緊閉，喪失了意識。

「忍冬小心！」瞥見另一個女傭趁機從後欺近，躲在旁側的葉瑞緊張高喊。

聽見葉瑞的提醒，花忍冬想也不想，抓著壁畫轉身往後一格擋。

刀尖刺穿了畫，驚險地停在花忍冬面前。

瞪著幾乎抵至鼻端的刀尖，花忍冬腦袋空白了一秒，但也只是一秒。卡在畫中的菜刀尚未被拔出，他已迅速抬起腳，下足勁道地狠踹上對方的腹部。

歐陽明和葉瑞都看見那遭到踹踢的女傭向後倒去，蜷縮著身子，手摀著腹部，側頭嘔出了酸水，一時竟無法再爬起。

將卡著菜刀的壁畫扔往一邊，瞄見剩餘女傭逼近，花忍冬壓根不打算硬碰硬。他不加思索地再次跑給人追，並且將凡是見到的、能夠砸出去的物品，全都卯足了勁地向後扔出。

於是就見到花瓶、瓷器、古董，或是其他花忍冬自己也搞不清楚用途的東西，一個一個地在半空中飛舞，碎裂聲同時不絕於耳。兩個女傭閃避不及，就這麼硬生生被砸暈了過去。

躲在旁邊觀戰的歐陽明，也從一開始的驚叫連連，到最後看得麻木了。尤其身旁的葉瑞，還魄力十足地喊出「忍冬你盡量砸沒關係」！

人家主人都不在意了，歐陽明想想，也就心安理得地繼續觀看同學奮戰的英姿。

現在，只剩下三個還站著的傭人，她們面無表情，無視那些昏迷的同伴，從三方包圍住花忍冬，一步步朝他逼近。

花忍冬一時也找不出什麼可以砸了，原本富麗堂皇的客廳，現在只能用「慘不忍睹」四字來形容。地毯上布滿著大大小小的碎片，扎著菜刀的壁畫淒慘地躺在一旁。

站在客廳中央的花忍冬喘著氣，額際滲著汗，他看著越漸接近的三名女性，心裡想著該怎樣才能脫困。

還沒等花忍冬想到辦法，左手邊的女傭先一步展開了攻擊。她提著棍棒衝向花忍冬，對準他的腦袋便要一棍重重擊下。

然而突然飛出的瓷器阻止了女傭的攻擊。尺寸不大，但頗具重量的瓷器剛好砸中女傭額角，她的腦袋登時因爲外力朝旁猛力一偏，然而那張年輕的面龐依然不見表情，襯得面容異常詭異。

花忍冬用眼角餘光飛快瞄向瓷器飛出的方向，納入了葉瑞的身影。對方有些氣喘吁吁，顯見剛剛那一扔使盡了全力。

花忍冬沒錯過這個突如其來的機會，他一腳踢出，迫使面前女傭鬆手，棍棒掉落在地。緊接著他再一把抓住對方的手腕，五指深深陷在皮膚上，腳尖則是順勢一挑勾，右手抓住彈起的棍棒，下一瞬狠狠掃上另一名女傭的胸口。

失去棍棒的女傭表情未變，可一張臉卻是越來越蒼白，豆大的冷汗布滿額角。

花忍冬的眼忽地露出狐疑，他覺得自己似乎聽見了一陣咔滋咔滋的聲音。

咔滋咔滋？

花忍冬踹倒女傭，一回頭，秀氣的面孔不禁扭曲。

「歐陽你這個死胖子！人家打得要死要活，你居然在那裡吃零食？」花忍冬氣急敗壞地嚷。

「這個……因爲我也找不到事做嘛。」不知從哪掏出餅乾的歐陽明傻笑著，手也沒停下，繼續將餅乾往嘴裡塞，「花花你眞厲害，只剩一個、一個……」

歐陽明的句子像是卡殼般，他甚至餅乾也不咬了，反瞪大一雙瞇瞇眼，看向葉瑞身後。

正如歐陽明所說，七個女傭，現在僅存一人站著。

但是對方卻在剛才的混戰中脫離了花忍冬的攻擊範圍，不知不覺繞到葉瑞身邊，高高舉起一只花瓶朝他腦袋砸下去。

「哥哥小心！」歐陽明失聲大喊。

花忍冬則是想也不想地邁開腳步往前衝，但終究慢了一步，瓷器碎裂的清脆聲響傳遍客廳。

只見葉瑞表情出現剎那空白，碎片嘩啦嘩啦落了一地，像是下雨般，而一抹鮮紅蜿蜒地從他頭上流了下來。

葉瑞身體無力地晃了幾下，雙膝一軟，整個人狼狽地摔倒在地，再無動靜。

歐陽明被這突如其來的發展嚇呆了，餅乾哆嗦地全灑在地板上。

而花忍冬則是迅速欺近那個還想對葉瑞出手的女傭，在對方來不及抵禦之際，以常人難以想像的力量將她高高舉起，往木門方向砸去。

女傭撞到了門板再軟軟地滑下，但現在誰也顧不上她是否昏迷。趁這空檔，歐陽明與花忍冬急忙圍到葉瑞身邊，將毫無反應的他翻過身來查看傷勢。葉瑞雙眼緊閉，一張英俊的臉被鮮血糊得狼狽不堪，看起來很是嚇人。

花忍冬的指尖小心翼翼地在他髮間摸索，除了一片濕濡之外，倒是沒有摸到碎片，這讓他不禁鬆了口氣。不過為了預防萬一，還是得先將葉瑞送到醫院做檢查才行。

「歐陽，把你的衣服脫下來。」花忍冬確認對方呼吸正常、體溫也沒有下降，轉頭向身邊的人喊了一聲。

「要做什麼？」歐陽明一臉納悶。

「先包紮止血啊。」花忍冬給了他一記沒好氣的眼神，「還不快點脫。」

「喔。」歐陽明只好脫下睡衣。雖然現在是夏天，但光著上半身還是會覺得冷，皮膚上都起了一層雞皮疙瘩。

看著花忍冬俐落地將睡衣撕成條狀，一圈圈纏住葉瑞頭上的傷口，他忍不住問了一句：「花花，你為什麼不用你的衣服？」

「人家才不想弄髒自己的衣服。」花忍冬理所當然地說。

「所以就可以弄髒我的嗎？」歐陽明抗議，「那你為什麼不直接脫掉哥哥的衣服，反正他都昏過去了。」

「對厚。」花忍冬恍然大悟，看著打赤膊的歐陽明，有些不好意思地笑了笑，「哎，人家忘了嘛，只好委屈你了。」

歐陽明癟癟嘴，抱著雙臂縮成一團。

「人家先把哥哥搬到沙發上。」花忍冬抬起葉瑞的一條手，搭在自己肩上，將人撐扶起來，「歐陽，你去打電話叫救……」

「花花……」歐陽明沒讓他把話說完，扯了扯他的衣角，以快要哭出來的聲音開口，「她她她……她站起來了！」

誰站起來了？這是花忍冬的第一個想法，但緊接著他就看到先前被自己扔到木門上的女傭不知何時已重新站起，手裡也不是空無一物，而是握著一把亮晃晃的菜刀。

她往前踏出了一步、兩步，眼見下一秒就會衝過來，緊閉的木門忽地被一股外力撞開。驟然出現在客廳裡的人影讓花忍冬兩人反射性尖叫一聲，立即換來一道粗暴的斥喝。

「叫屁啊！」

這熟悉的聲音、這充滿不耐煩的語氣，對歐陽明與花忍冬來說彷彿天籟，同時也成功引走女傭的注意力。

只見那名表情僵硬的女傭轉向左易，舉著菜刀就要朝他刺去。

她動作很快，但左易反應更快，腳跟一旋，竟已無聲無息繞到對方身後，屈肘往她背後一擊，凶暴的力道讓對方失衡地往前傾倒。

在她倒地的同時，左易跨坐在她背上，抓住頭髮拉起她的腦袋，緊接著往地上重重用力一撞。

迴盪在客廳裡的一聲悶響讓花忍冬牙疼地抽了口氣，忍不住喃喃道：「太狠了吧。」

歐陽明瞥了他一眼，覺得對方其實沒什麼資格說這句話。

女傭失去意識後，左易輕巧地站起，一雙狹厲的眸子掃向花忍冬與歐陽明，對已昏倒的葉瑞則問都不問。

「你們有看到小不點嗎？」

「我們也在找小蘿和小夏他們。」歐陽明拍拍胸口，確認那個女傭真的毫無反應之後，憋著的一口氣終於吐了出來，「左易，你也有聽到尖叫聲，對吧？你比我們還早下樓，應該有……」

「誰比你們早下樓？」左易挑高眉毛，不耐煩地打斷他的話。

「咦？」歐陽明一呆。

「等等，可是咱們衝出房間時，根本就沒看到其他人了啊！」花忍冬錯愕地提高聲音。

「我怎麼知道？」左易不耐煩地皺起眉，「出事的時候，我和左容只在二樓走廊看到葉心恬那個死三八而已，沒有看到你們。不是你們比我早下樓嗎？」

乍聞左易這句話，花忍冬與歐陽明不禁面面相覷。

左易說，他沒看到他們；問題是，他們也沒瞧見其他人。

這是怎麼回事？爲什麼他們都沒看見彼此？

這個陷入沉默的當下，嘰——嘰嘰——宛如尖銳物品劃過牆壁的聲音顯得格外清晰。

三人轉過頭。

時間似乎在這一刻靜止了。

右側牆邊，有隻腦袋歪一邊、脖子跑出棉花的小熊布娃娃，正斜斜拿著菜刀，刀尖磨擦著牆壁，發出刺耳的嘰嘰聲。

不僅如此，小熊後方還有一隻沒了一邊耳朵和一邊眼睛的兔子娃娃，手裡提著更大的剁骨刀，一晃一晃地走過來。

這光景比起方才的女傭攻擊，才眞正稱得上駭人。

而在兩隻布娃娃身後，則冒出了更多搖搖晃晃的身影。有的是小貓，有的是小狗，有的是洋娃娃，可不論哪一種玩偶，它們手中全都抓著尖銳的利器。

「玩……一起玩……」

驀然間，分不出性別的聲音幽幽響起。先是一道，緊接著是更多聲音疊合在一起，宛若漣漪般從玩偶間擴散開來。

「玩……一起玩……」

就算是左易，臉色也忍不住一僵。

若是人類還可以將他們打暈，但這些本就不是活物的玩偶軍團，又該如何讓它們失去意識？而且數量眞的太多了。

「眞是夠了。」

誰的聲音這麼說道。

花忍冬看著歐陽明，歐陽明看向左易，左易則是一臉「看什麼看」的不馴表情，於是歐陽明又把視線移到花忍冬身上。

更正確一點的說法，是看著緩緩抬起頭的葉瑞。

「哥哥，你……」他正想慰問一下對方的狀況，卻震驚地發現葉瑞眼睛的顏色變了，綠得發亮、綠得懾人，讓人想起幽幽鬼火。

就連氣質也不再似先前那樣和善可親，而是凜然不可親近，陌生得讓人害怕。

「你是誰？」左易厲聲質問。

花忍冬發現葉瑞變得不對勁後，急忙鬆開人，迅速退到左易身後，與歐陽明挨在一塊。

「我是誰，與你們無關。」葉瑞的語氣和眼神都是平靜的，卻不帶任何溫度，「接下來的事，也與你們無關了。」

左易眼裡閃過一抹狠戾，正準備出手，卻發現自己動彈不得；不只他，就連歐陽明與花忍冬也一樣，驚慌失措地嚷嚷著爲什麼不能動。

葉瑞抬起手，指尖點過三人的額頭，他們只覺得力氣像是被瞬間抽光，全身虛軟無力地跌坐在地，就連意識都被一股沉沉睡意包裹住，很快就被拽進了黑甜鄉之中。

「你……小不點……」左易不死心地想要掙扎，但他眞的太睏了，一句完整的話都說不出來，眼皮越來越沉，最末終於控制不了地闔起。

葉瑞看了三個睡著的大孩子一眼，接著將視線移向那些舉著利器的玩偶上。

如果他先前看向花忍冬等人的目光是平靜的，那麼現在的眼神只能用蔑視來形容。

「下賤的東西，誰准許你們那麼放肆的。」

照理說，玩偶不會懂得害怕這種情緒，但面對葉瑞散發出來的無形壓力，它們竟然齊齊後退一步，因爲全身都在發抖，手裡的菜刀、剪刀、美工刀根本握不住，紛紛掉到地上。

它們驚恐地四處散去，或是退到牆角，或是退到幽暗的走廊裡，逐漸融進陰影裡，再不復見蹤影。

葉瑞整整衣領，遮住鎖骨附近的勾玉狀印記，頭也不回地走上樓梯。

第十章

葉心恬正在作夢。

一大片白霧瀰漫在夢裡，不時從裡頭傳出細細哭聲。她咬住下唇，覺得那聲音帶著模糊的熟悉感，彷彿在哪聽過，又或許只是自己的錯覺。

她不禁向前走了幾步，想要看清楚是誰躲在白霧裡哭泣。但下一瞬間，白霧卻突地向兩旁快速退去，再也沒有什麼遮蔽住她的視線。

視野驟然清明，葉心恬卻吃驚地瞪大眼，呼吸立時急促了起來，心跳跟著加快，像是無法相信自己看到了什麼。

水泥砌成的牆壁、乾硬的水泥地板，還有一扇厚重的石門。牆上沒有任何窗戶，自然不會有光落進來，只有開在石門上方的一個小口透入微弱光線。

但是，這並不是葉心恬吃驚的原因。

在這個封閉的空間裡，竟然關著一個孩子。那小小的身影披散一頭長鬈髮，跪在石門前，高舉著小手用力敲打，渾然不顧身上的白洋裝沾染上多少灰塵。

「放我出去！放我出去！爲什麼要把我關起來——」

石室裡不斷回響著淒厲的哭喊，葉心恬被小女孩哭得心都酸了起來，想要向前去，伸手摸摸孩子的頭髮也好，拍拍那不斷顫抖的肩膀也好，但雙腳卻像是被釘在原地，只能眼睜睜地看著小女孩拚命地瘋狂敲打石門。

厚重的石門殘酷地阻隔一切，包括哭喊、呼救，沒有人知道那是多麼淒慘的景象。

「媽媽！爸爸！哥哥！快來救我！」

小女孩哭叫著，敲打著石門，哭喊到聲音都啞了，被幽閉與恐懼感深深壓迫著。

「放我出去……放我出去……爺爺！爲什麼不放我出去？」

葉心恬摀住嘴，那雙明媚的眸子瞬間瞠大，腦海裡似乎有什麼記憶被慢慢地撬開。

小女孩像是沒有力氣再拍打石門，兩隻小手無意識地抓在上頭，最後只發出類似呻吟般的淒慘氣音。

「爲什麼……爲什麼出不去……放我出去……」

封閉的石室裡，時間的流逝不再具備任何意義。

一小時？半天？一天？小女孩的時間感錯亂了，她的眼淚終於乾涸，卻還是不死心地用指尖抓著石門。

抓啊抓地，抓到指甲斷裂，抓到鮮血滲出，抓到連痛楚都漸漸麻木。

這間石室像是被遺忘一樣，小女孩蜷縮起身體，恐懼匯聚成巨大漩渦，她在裡面浮浮沉沉，抓不到救命的稻草。即使用力伸長手，也得不到回應。

這個地方安靜得讓人害怕。

然後，小女孩不再流淚、不再抓著牆，她變得比石室更安靜，只靜靜蜷縮在牆角，偶爾摸著左腰，但這個動作也變得越來越遲緩。

時間不知流逝了多久，就在葉心恬幾乎以爲牆角邊的小女孩已失去意識時，她忽地聽到一陣細碎聲音傳來，同時也看到對方緩慢地抬起淚痕斑斑的小臉。

葉心恬覺得自己快不能呼吸了，映入眼底的景象像一條看不見的繩子，狠狠地勒住她的頸項。

那張臉、那張臉……

記憶裡的盒子即將被打開之前，葉心恬聽到嘎吱一聲，像是門板被人打開，卻不受控制地發出聲音一般。

葉心恬下意識往石門看去，但那扇厚重門扉依舊動也不動，更別說是發出任何聲音。

葉心恬看到小女孩僵硬地轉動脖子，視線落到另一邊的牆壁。

由於這裡極爲昏暗，唯一的光源只有石門上小窗口所透進來的光線，所以直到現在，葉心恬才發現對邊的牆上竟鑲嵌著一扇木門。

那嘎吱的聲音就是木門被人推動時所製造出來的。

下一秒，葉心恬與小女孩看到了光。

與從石門上小窗透進的昏暗光線不同，那是明亮的黃色光芒。

長時間待在幽暗中的小女孩發出微弱的呻吟，反射性閉上眼睛。

但葉心恬卻看得清清楚楚，在那扇被打開的木門之後，站著一身黑洋裝的小女孩，她的左手握著一支手電筒，右手則抱著好幾隻布娃娃。

葉心恬的嘴唇微微蠕動，卻發不出任何聲音，她只覺得身上的溫度被剝奪殆盡，留下的只有駭人的冷。

被關在密室裡，穿著白洋裝的小女孩。

站在木門後，穿著黑洋裝的小女孩。

她們有著同樣精緻的臉蛋、同樣美麗的眼眸，披散在身後的長鬈髮。

葉心恬永遠不會錯認，那是她幼年時的樣貌！

當葉心恬正陷入深深夢魘之際，夏春秋正與左容走下石梯。

握著手電筒，左容落下的步伐沉穩，甚至連呼吸都是平緩的，像是不受任何外力影響。

相反地，走在她身側的夏春秋卻無法靜下心，不只心跳，就連呼吸都有些短促。

「冷靜，春秋。」左容淡淡說道，依舊謹慎地注視前方。

「我、我知道了。」夏春秋做了個深呼吸，雖然他覺得自己的心跳聲大得像是可以在密道裡製造回音，但這只是他的錯覺。

然而他卻無法控制冷汗從後頸滑下，就連額際也覆上一層薄薄汗水。事實上，隨著他們不斷往下走，夏春秋覺得越發地不舒服了起來。

他緊緊握住右手，指甲扎在掌處，刺痛感讓他不安穩的心勉強靜了下來，但那股讓他冷汗直冒的顫慄感卻仍舊沒有消退。

夏春秋咬著嘴唇，小心翼翼地覷了身旁的左容一眼。那張線條漂亮的中性臉孔透出了專注，顯然沒有察覺到他的異樣，這讓夏春秋不禁鬆了一口氣。

也許……只是太緊張了吧。他無聲地在心底說道，想要竭力忽視掉自己指尖的發顫。

密道很安靜，除了兩人的腳步聲及呼吸聲，就再也聽不到任何聲響。

時間究竟過了多久？他們又走了多久呢？

夏春秋繼續捏緊右拳，試圖回想他們從書房走進密道，是哪時候的事了？

長長的石梯就像沒有盡頭，往前方看去，映入眼底的依舊只有單調的灰。

夏春秋抿著嘴，不安地不斷往下走，左容偏低的聲音卻忽地響起。

「我們應該已經離開主屋了。」

「咦？」夏春秋分神轉過頭，一不小心踩空，整個人頓時重心不穩，就要向前栽落——

左容反應迅速，一把拽住夏春秋的手，使勁將他往後一扯，直到對方終於在石階上站穩才鬆開手。

夏春秋驚魂未定地瞪著下方，一顆心還在撲通撲通地跳。

「還好嗎？」左容關切地問道。

「還、還好。」夏春秋難爲情地垂下眼，對於自己的分心感到懊惱。

「沒事就好。」左容眉眼斂起，像是在思考什麼，隨即低聲說道，「我們牽著手吧，這樣會比較好走。」

夏春秋先是吃驚地瞪圓了眼，接著慌張地搖搖手，「沒、沒關係，我自己走就好……對了，那個、那個，剛剛妳說的離開主屋是怎麼回事？」

左容雖然心裡覺得有些可惜，但還是將她的推測說出來。

「這條密道雖然很長，但下降幅度不大，我只是依我們行走的距離來猜測而已。」

夏春秋回頭看著身後的一片石梯，再看向前方被手電筒照亮的地方。他已經被漫長無止境的階梯弄混了距離感，但既然左容這樣說，他就覺得這個可能性很大。

兩人再次邁開腳步，但夏春秋原本預期還要再走上一大段路的情況並未出現，當他們彎過一處轉角，映入眼裡的卻是十階不到的石梯，以及一扇落在下方的木門。

看到那扇斑駁的木門，夏春秋心臟鼓動得越發劇烈，而脖子後的冷汗也越滲越多。

但滿腦子被夏蘿安危佔據的他卻選擇了忽視，在左容巡視四周時，伸手握住門把。

這個動作自然引起左容的注意，她朝夏春秋遞去一記「小心」的眼神，走到門的另一邊，剛好站在夏春秋對邊的位置，謹慎地注視著越來越大的門縫，將手電筒對準門裡，預備一有不對勁就立刻出手。

昏黃的光線就像一把刀割開了黑暗，夏春秋屏住呼吸向裡頭望去，隨即不敢置信地瞪大雙眼。

在滿布灰塵的地板上，正倒著一具嬌小身子，赫然是面無血色、雙眼緊閉的夏蘿。

「小蘿！」夏春秋的心臟幾乎要提到了嗓子眼，三步併作兩步地跑進去，趕到夏蘿身邊，將那具嬌小身子擁進懷中。

他顫著手輕拍夏蘿的臉，但對方毫無反應，要不是單薄的胸膛正微微起伏著，此時的夏蘿看起來就像一具空洞的人偶。

「春秋。」左容大步走進來，「小蘿還好嗎？」

夏春秋抬起頭，正準備回話時，一道童稚的嗓音卻輕巧地響起。

「黑色天空，月亮高高。來來來，我們來玩踩影子～」

下一秒，異變驟生！

斑駁的木門像是被一隻無形的手推動，砰的一聲猛然關起。

左容反射性回頭，卻突然覺得手腕一痛，像是被什麼擊中一般，不由得鬆開手，手電筒頓時落至地面、轉了一圈，光線掃向另一邊。

先前因爲掛念夏蘿的安危，所以夏春秋並沒有心思打量這個地方，直到手電筒掉落地面、引得他抬頭一看，這才看清楚他們所處的空間。

這是一個四面由水泥牆所砌成的密室，充斥濃重的霉味。但是，這些都不是讓人在意的地方，夏春秋擁緊懷裡的夏蘿，心驚膽跳地注視著先前被他們忽略的角落。

在那裡，站立著一個穿白色洋裝的嬌小身影，微鬈的長髮披散，露出底下精緻的臉蛋。紅紅的嘴唇翹著，漂亮的大眼睛正笑盈盈地注視他們。

那是在三樓時，曾與夏春秋、左容有過一次照面的小女孩。

夏春秋僵硬地移動視線，看向小女孩身後，一雙眼睛駭然地大睜，無法控制從心底湧出的恐懼。

在那名小女孩的身後，還有一道纖瘦的身影靠坐在牆角。對方頭顱低垂，長長的髮絲如同流水般披散一地，映襯得四肢蒼白如雪，對比強烈的黑與白散發出濃重的不祥氣味。

左容迅速移步到夏春秋身前，警戒地注視抱著布偶的小女孩與牆角邊的蒼白身影。

「在地上晃動的黑色是什麼呢？是你的影子，他的影子，卻沒有我的影子。」

有著一張明媚臉蛋的小女孩就像是沒有看到他們提防的眼神，只是咧著嘴，一邊哼唱著不明童謠，一邊向後退了幾步，站到纖瘦身影的旁邊。

在夏春秋與左容的注視下，小女孩身形越發黯淡，彷彿色彩被剝奪一般。下一秒，她懷裡的兔子布偶突然化成成沙粒並滑落下來，然後是她的手指、手腕、手臂……接著是腳掌、小腿……

最後，嬌小的身子完全崩解為沙粒，嘩啦啦地濺在蒼白身影的腳邊，被湧動在腳底下的黑影吞噬殆盡。

纖弱的蒼白身影抬起頭，沒有血色的嘴唇輕輕蠕動著。

夏春秋不敢置信地倒抽一口氣，就連左容的眼裡也出現了動搖。

「來來來，我們來玩踩影子，被踩到影子的人，將會變成我的養分。」

隨著沙啞的尾音落下，原本只在腳邊徘徊的黑影瞬間化作尖利的荊棘狀，如同不祥的凶獸，朝著夏春秋與左容刺去——

葉心恬尖叫地從惡夢中甦醒過來。那雙明媚的眼眸透出狂亂，驚慌失措地從床上坐起來，不斷發出淒厲的喊叫。

尖銳的叫聲彷彿要割破黑夜，讓人聽了不禁從骨子裡發寒。

坐在床邊的林綾連忙抓住葉心恬的兩隻手，將它們重重壓在身側。她力道強勁，強迫葉心恬的視線對向自己。

「小葉。」和粗暴的力道不同，林綾嗓音極其溫婉，像是淙淙流水滑過，「醒醒，小葉。」

或許是手腕上傳來的劇痛太過強烈，或許是林綾的聲音起了作用，葉心恬停止尖叫，茫然地眨眨眼。

「林……綾？」她試探性地喊了一聲，在看見那抹熟悉的婉約微笑之後，緊繃的身子瞬間鬆懈了下來。

「還好嗎，小葉？」林綾鬆開葉心恬的手，改而輕輕拍著她的背。

葉心恬的情緒終於鎮定下來，她看了看四周，這才發現這裡不是她的房間。

「這是小夏的房間。」像是看穿葉心恬眼底的疑惑，林綾解釋，「妳還記得之前發生什麼事嗎？」

「小夏的房間？我怎麼會在這裡……我不是在房裡睡覺嗎？」葉心恬愕然地瞪大美眸。

因爲剛剛從惡夢中醒來，原本悅耳的嗓音反而透出一絲沙啞。

瞧著葉心恬茫然的模樣，林綾也不急著解釋，只是伸手比向地板上的剪刀，「小葉，妳對那柄剪刀有印象嗎？」

葉心恬本來是要搖頭的，但盯著剪刀的時間越久，她的眼神就越加迷茫，好像有什麼畫面要從記憶的抽屜裡跑出來。

「再仔細想一下。」林綾柔聲開口，「妳對它真的毫無記憶嗎？」

葉心恬張了張嘴，想要反駁的聲音在喉嚨裡滾動，卻吐不出來。她掀開被子，搖搖晃晃地下了床，走向那把剪刀，彎身拾起。

握住剪刀後，腦海裡飛快晃過了幾個畫面。

光禿禿的玫瑰花叢、落在花圃裡的玫瑰花瓣；躺在床上瞪大著眼注視她、神色驚慌的夏春秋。

不同的場景，卻是握住同一把剪刀的自己。

葉心恬像是被燙到似地扔開剪刀，驚慌失措地向後退，卻腳步一個踉蹌，跌坐在地板上。她悚懼地張大眼，瞪著那把離她有一段距離的剪刀。

「是、是我……」葉心恬顫著嘴唇。

「不是妳。」林綾在她身邊蹲了下來，按住她發著抖的肩膀，「小葉，妳再想一下，是不是還有什麼事情沒想起來？」

葉心恬慌張地回過頭，然而一瞧見林綾溫婉的神色，焦灼跳動的心臟卻奇異地被安撫了下來。

她咬著嘴唇、閉上眼睛，努力在如同毛線球般紊亂的記憶中搜尋，然後一抹嬌小的白色身影突地閃過腦海。

有著與她幼年時一般相貌的小女孩咧開嘴，朝她遞出剪刀，用童稚的嗓音誘哄著她。

「我討厭那些玫瑰花，把它們通通剪掉吧。」

「那個黑頭髮的大哥哥好礙眼，不要讓他留下來。」

下一秒，那些畫面又迅速地剝落，轉而出現的是一間幽暗石室。

葉心恬想起了她所作的惡夢。

穿著白洋裝的小女孩、穿著黑洋裝的小女孩。

葉心恬猛地瞠大眼，一把捉住林綾的手站起身，扯著她跑出房間。

「小葉。」林綾訝異地問，「妳要去哪裡？」

「三樓書房！」葉心恬大喊一聲，腳步不停地向前跑。

她們倉促地跑上三樓，只是剛踏上最後一級階梯，映入眼底的卻是橫倒在三樓走廊上的傭人們。

那些人像是失去意識，身上帶著大大小小的傷，看起來狼狽不已。

葉心恬驚呼一聲，就連被她拽著手腕不放的林綾也露出一抹驚訝。

只是當葉心恬看到走廊底門扉大開的書房時，想要探看那些傭人們的念頭頓時被壓了下去。

兩人匆匆來到書房門口，往裡面看進去，在滿牆書櫃間，一道黑暗口子顯得格外明顯。

直到這時候，葉心恬才鬆開林綾的手，怔然地張大眼，一步步走向那條密道的入口，彷彿夢囈似地開口。

「我來過這裡……」

「小葉？」林綾快步走到她身邊，看著不知通向何處的石梯。下方一片幽暗，幾乎伸手不見五指，若不是有書房的燈光照耀，或許連石梯的輪廓都看不出來。

葉心恬如同被什麼指引，毫不猶豫地往下走，踩在第一階石梯上。

然後是第二階、第三階、第四階……

黑暗就像對葉心恬起不到任何作用，她下樓的速度越來越快，到了最後，幾乎在石梯上狂奔起來，長長的髮絲被動作帶起的氣流吹得向後飄散。

林綾見狀，迅速從口袋裡拿出手機，開啓內建的手電筒功能，匆匆跑下石梯。

時間在急促的腳步聲中流逝，不知過了多久，幾乎讓人以爲這條石梯毫無盡頭之際，葉心恬卻在彎過轉角後，忽地停下來。

這個動作太突然了，後頭的林綾一時收勢不住，頓時撞上葉心恬的背，讓前方那具纖瘦身子踉蹌了好幾步；也因爲這股突如其來的衝擊力，葉心恬原本陷入茫然的神智才清醒了過來。

「痛、痛！」葉心恬被撞得身形不穩，反射性伸出手，想要抓住東西穩住自己。但手臂還沒完全伸展開，卻已碰觸到硬物，這讓她不禁愣了一下，隨即迅速回過頭看向林綾。

難得出現狼狽模樣的林綾一邊穩住身體，一邊抬眼朝葉心恬說道，「抱歉，小葉──」只不過林綾的話還沒說完，葉心恬已截斷她的句子，「林綾，手機！」

雖然這句話沒頭沒尾，但林綾卻知道葉心恬要表達的意思。她舉高手機，讓白色的光芒映照出兩人前方物體的輪廓。

那是一扇斑駁的木門，鏽跡斑斑的金屬把手顯示時光的流逝。

葉心恬心臟突然快速鼓動起來，怦怦怦的心跳聲大到好像讓四周充滿了回音。她的呼吸也變得急促，好像有什麼東西要從腦海裡的記憶之盒衝出！

葉心恬搖了搖頭，想要甩掉腦袋發脹的感覺。

「還好嗎？」林綾注意到這個動作，輕聲詢問，一雙似水的眸子浮現關切。

「我沒事。」葉心恬深呼吸一口氣，擠出笑容，重新挺直背脊。她向前走了兩步，儘管手指正微微發著顫，但還是咬牙轉開門把。

嘎吱──老舊的門板發出了聲音。

出乎意料，門後所呈現的並不是一片黑暗，而是帶著昏黃光澤的幽異空間。雖然光線很微弱，卻也足以讓人看清大致輪廓。

當葉心恬看清門後的景象時，不禁駭然地瞪圓了一雙美眸，牙齒格格地發著顫，從嘴唇擠出了破碎的嘶氣聲。

「小夏……小蘿……左容！」葉心恬心驚膽顫地看著倒在地上的三人。他們雙眼緊閉、臉色蒼白，彷彿失去意識一般，但最教人驚心的，卻是纏捲在他們四肢上的黑影。

那些黑影不斷在地板上湧動，像是深沉的泥沼，以緩慢卻執拗的力道，將夏春秋、夏蘿往深處拖去。距離黑影匯聚處最近的夏蘿，一半身子都已陷入裡頭。奇異的是，黑影卻避開了同樣陷入昏迷的左容。

林綾也瞧見這詭異的一幕，瞳孔因為驚愕而猛地收縮，但她很快就回過神來，迅速朝湧動的黑影靠近。

「林綾，小夏和左容交給妳……我去救小蘿……」葉心恬的聲音雖然顫抖，但仍毫不遲疑地衝進黑影之中。

只是剛一踏進去，卻覺得自己像是陷入泥沼一般，越往前走，雙腳就越往下陷。那種如同要被吞噬的感覺，讓她害怕得刷白一張臉，但一看見夏蘿的身子被黑影越纏越深，她咬了咬牙，豁出去地繼續向前走。

等她到了中央黑影匯聚處時，膝蓋以下都陷在裡頭了，一條條荊棘狀的暗影甚至沿著她的雙腳向上攀爬。

另一邊，林綾費了一番力氣，才將夏春秋拉離黑影，讓他橫躺在左容身邊。當她回過頭時，映入眼底的就是這幅畫面。

「小葉，動作快！」

「不用妳說我也知道……」葉心恬拽住夏蘿的手，死命將她拖出黑影，同時高聲囑咐林綾先將夏春秋與左容帶離石室。

奇異的是，在葉心恬使勁拽著夏蘿的時候，那些黑影卻只是湧動著，像是淺淺的碎浪，又像是一圈圈的漣漪，並沒有再繼續纏繞住她與夏蘿。

「林綾，小蘿交給妳了。」因爲小腿還陷在黑影裡，葉心恬示意林綾接過夏蘿，自己則是使勁想要拔出雙腳。

就在她一邊看著林綾將夏蘿移到石室外，一邊從宛如泥沼的黑影中抽出左腳時，原先只如水流湧動的黑影卻猛地化作荊棘狀，快速擊出，重重抽打在斑駁的木門上。

一抽一挑之間，老舊的木門啪的一聲關起，隔絕了外頭的林綾，葉心恬只來得及看見林綾驚愕的表情。

石室裡，只剩下她一個人。

突如其來的變化讓葉心恬發出尖叫，她掙扎著想要跑向木門，但沉暗的黑影卻快速倒捲回來，纏繞住她的四肢，就像是相中獵物的蟒蛇一般，緊緊地綑綁。

她驚慌失措地扭著身子，貼伏在皮膚上的冰冷感覺，讓她覺得體溫像是被人不斷偷走，冷得她牙齒打顫。

葉心恬不死心地想要扯動手腕、踢動雙腳，但黑影卻越纏越緊。然後，她突地看見地面上的黑影冒出了一個個泡泡，就像是煮開的熱水那樣。

葉心恬駭懼地瞪圓了眼，一隻沒有血色的細瘦手臂猛地從黑影中伸出，緊緊攀住她的腳踝。

那隻手越握越緊，凶猛的力道讓葉心恬痛得慘叫出聲。

隨著那隻手臂逐漸探出的，是一張死白的臉孔，不管是那雙充滿執念的眼，還是鼻頭上的雀斑，都是如此眼熟。

有著平凡容貌的少女此刻正怨懟地注視著葉心恬，從蒼白的嘴唇吐出了如同被砂紙磨過的乾啞嗓音。

「騙子……妳這個大騙子……妳才不是什麼小姐……」

「放開我！放開我！」葉心恬尖叫地踢著腳，想要掙脫那隻細瘦的手臂，「我是葉家的大小姐葉心恬！還不快點放手！」

平凡的少女嘲諷地咧嘴一笑。

「妳說謊。」

「妳說謊。」

第二道響起的聲音輕緩悅耳，與謝曉梅乾啞的聲音交織成奇異的聲調。

然後，地面上的黑影像是有一波浪潮打過似的，很快地淹沒了那張平凡少女的臉孔，就連抓握在葉心恬腳上的手臂也逐漸被黑影吞噬。

葉心恬停下掙扎的動作，但她心底的恐懼並沒有消失，甚至變得更加濃厚。

地面湧動的黑影再次向上竄起，一絲絲、一縷縷地在半空中交纏。在葉心恬駭然的注視下，化成了黑與白兩種顏色，然後又像液體一般地迅速崩落。隨著黑白兩色水珠全部濺至地面，本來空無一人的地方卻出現一抹纖瘦身影。

那是一名膚色蒼白、長長鬈髮垂落一地的少女。她仰起尖細的下巴，明媚的眸子筆直地瞅著葉心恬，無血色的嘴唇翹了翹，帶出了弧度。

少女精緻的臉孔露出微笑，細白的雙手負在身後，一步步朝葉心恬走近。

那張臉、那張臉！

葉心恬倒抽一口寒氣，她永遠不會錯認，那是一張和自己如出一轍的臉龐！

她驚駭地看著少女，身體不受控制地發顫，想要後退，但被黑影束縛住的她卻動彈不得，只能看著少女離自己越來越近，直到那張蒼白的臉孔貼在眼前。

「我好想妳……」

少女沙啞地說道，細白的手指撫上葉心恬的臉。冰冷的溫度讓葉心恬下意識想別過臉，但少女手指的力道卻十分強悍，讓她只能眼對眼地直視那雙美眸裡湧動的陰暗。

「妳爲什麼不回來？」

少女低聲詢問，微微瞇起的眸子瞬間扭曲起來，笑意如潮水般退去，取而代之的是從眼底迸射出的憎恨。

「爲什麼欺騙我？爲什麼要把我關在這裡？」少女眼裡透出狂亂，最後四字幾乎是咬牙切齒地從唇縫中擠出來，「心、怡、姊、姊！」

誰？葉心怡？那是誰……？

葉心恬瞳孔猛地收縮，她想搖頭，想要反駁少女嘴裡陌生的名字，但一抹從身後竄起的荊棘狀黑影宛如利刃一般，劃過她的左腰，將質地良好的衣服割開一道口子，露出底下的勾玉狀印記。

膚色蒼白、長長鬈髮垂落一地的少女將嘴唇貼近葉心恬的耳朵，沙啞的嗓音振動著她的耳膜，「妳奪去我的一切，奪去我的名字，讓我代替妳被關在這個地方，只能絕望地在黑暗中死去……」

少女忽地格格笑了起來，這陣笑聲像是由兩道音階組成，一個沙啞、一個稚氣。

「怎麼可以呢？我是……絕對不允許這種事情發生的！」

隨著最後一個「的」字落下，少女腳邊的黑影突然翻滾湧動起來，然後化成一根根尖利的荊棘，以迅雷不及掩耳的速度凶猛刺入葉心恬的心窩。

「來吧，回想起來，心怡姊姊，我才是——葉、心、恬。」少女咧開嘴唇，一字一句地輕聲說道。

從心窩竄出的可怕疼痛讓葉心恬發出尖銳的悲鳴，冷汗如同開了閘似的，立即沁滿臉孔與身體。

除了痛之外，葉心恬再也沒有其餘感受了。她張著嘴，纖瘦的身子因爲痛楚而痙攣，但插在心窩的黑影卻不肯放過她，越鑽越深。

原本明媚的美眸逐漸失去焦距、變得渙散，連尖叫的力氣也沒有，只剩下破碎的嘶氣聲在喉嚨裡滾動。

然而，明明神智都快要消散了，腦海中卻湧現一幅又一幅畫面，被放出來的記憶幾乎將她淹沒……

幽暗的石室裡，穿著白洋裝的小女孩抬起滿是淚痕的小臉，在瞧見與自己有著同樣相貌的黑洋裝小女孩之後，無神的眼眸猛地迸現出光芒。

「妳是來……放我出去的嗎，心恬？」她啞著嗓子問。

「是哥哥要我來看妳的。對吧，哥哥。」黑洋裝小女孩轉過頭，朝後方甜甜一笑。

白洋裝小女孩也跟著看過去，看到她們的兄長站在門邊，溫柔的眼神落在她身上。

「心怡姊姊，我帶了布娃娃來給妳。這樣妳待在這裡就不會寂寞了。」黑洋裝小女孩走向前，一雙明媚大眼直瞅著對方不放。

「……心恬好乖。」白洋裝小女孩抱住與她有著相同面孔的妹妹，雙生子的呼吸與心跳讓她覺得溫暖卻又憎恨。

恨她在看到自己這副模樣後，怎能若無其事地說出這番話；恨她當日在花園時，大聲呼喊爺爺他們過來看出現在自己身上的勾玉狀印記。

她忍不住將手臂越收越緊，如果可以就這樣勒死對方該有多好？

但是，她忽地注意到站在門邊的哥哥對她搖搖頭，在黑洋裝小女孩看不到的角度悄悄的拉下衣領，露出與她腰上如出一轍的勾玉狀印記。

她震驚地瞪大眼，想要對兄長咆哮，想要質問他爲什麼沒有被關進來。

在聲音衝出喉嚨前，她的哥哥卻像是窺穿了她的想法，舉起食指向她做了個噓的手勢。然後，在她愕然不解的視線下，他溫和地向黑洋裝小女孩說道：

「心恬，妳可以答應哥哥一個要求嗎？」

「什麼事？」眨巴著一雙大眼睛，黑洋裝小女孩天眞地問。

「妳看，心怡以後都必須待在這個地方，連月亮都看不到，這樣是不是很可憐？」

「嗯嗯，心怡姊姊眞的好可憐喔。」黑洋裝小女孩附和。

「妳能不能代替她先待在這邊，哥哥帶她出去看最後一次天空和月亮，很快就會把她送回來的。」

「可是……」

「妳不相信哥哥說的話嗎？哥哥什麼時候騙過妳了？」

黑洋裝小女孩歪著頭，瞧著白洋裝小女孩滿臉的冀求，又看向笑得溫柔的少年，她猶豫了一會兒，終於點了點頭。

「好的，哥哥。」

於是，有著「葉心恬」這個名字的小女孩抱著兔子布偶，一邊哼著她編的童謠，一邊在石室裡等待。

而有著「葉心怡」這個名字的小女孩，則是換上妹妹的黑洋裝，看了那扇木門一眼，在兄長的默許下，手指發顫地將其鎖上。

沒有人知道，從十年前的那一天開始，「葉心怡」成爲了「葉心恬」。

「想起來了嗎，心怡姊姊？」

少女手指撫上葉心恬無血色的臉孔，柔軟的嘴唇吐出沙啞的嗓音，「妳跟哥哥都是騙子，騙子！被關在這裡、淒慘死去的應該是妳，不是我。爲什麼我要接受妳本來的命運呢？眞是不公平。」

葉心恬茫然地眨了眨眼，游離的神智逐漸回籠，雖然還在難受地喘著氣，卻仍舊倔強地露出一抹蒼白笑容。

「就算不公平……那又怎樣？」

她抬高尖細的下巴，雖然虛弱，卻回復了往昔的傲慢。

「即使背叛妳、欺騙妳，或是遺忘妳……如果可以重新選擇，我還是會這樣做……因爲，我想活下去……」

「太過分了！」拔高的童稚嗓音和沙啞聲音同時竄起，在濃稠的空氣中盪出圈圈漣漪。

只見少女腳底下盤踞的黑影快速蠕動起來，如同撲騰而起的水花，在葉心恬眼前化作一道蒼白的嬌小身影。

有著一頭長鬈髮的白洋裝小女孩抱著兔子娃娃，惡狠狠地瞪視葉心恬。

而少女則像是被觸怒似地扭曲了臉孔，她的手指按壓在葉心恬的眼睛上，像是要刺進去一般。隨著情緒的劇烈波動，她腳下的黑影又迅速竄起了好幾條尖利的荊棘，狠狠插進葉心恬的胸口、後背。

瞧見這一幕，小女孩不禁咧著嘴大笑，懷裡的兔子玩偶也同時歡快地拍起手掌，咯咯的尖銳笑聲盈滿石室。

葉心恬痛苦地發出悲鳴，呼吸困難，心臟就像被人狠狠掐住似的。

但是荊棘狀的黑影卻不放過她，如同要挖掘出她的所有祕密，往心窩深入再深入，持續凌遲著她。

葉心恬痛苦地張大眼，瞳孔逐漸渙散，意識正在一縷一縷地剝離。少女沙啞的嗓音明明拊在耳邊，卻又覺得距離好遙遠，她的睫毛輕輕垂下，眸子終於慢慢地閉了起來。

「不能原諒、不能原諒！憑什麼只有妳可以自由活著，我卻要死在這個黑暗的地方？」

少女的眼眸像是鬼火般地淒厲，嘶聲喊道。

那些插入葉心恬身體裡的荊棘狀黑影猛地抽出，停在半空中。然而和先前所不同的是，這一次，它們的尖端淬上了一層金屬般的色澤。

「不能原諒她！殺掉、殺掉！」白洋裝小女孩抱緊兔子娃娃，那雙明媚的大眼睛也變成了一片濃黑。

石室充斥著狂暴的氣氛，就像是繃到極點的弓弦，下一秒即將斷裂。

「我被困在這裡十年了，妳能體會那種孤獨到讓人發狂的感覺嗎？妳能想像沒有水沒有食物的生活嗎？在這個地方。只有那些布偶是我的朋友！」

少女嘶聲咆哮，蒼白的臉孔扭曲成猙獰的表情，那雙明媚的眸子只有滿滿的憎恨。

「是妳跟哥哥讓我淒慘地死在這個地方！是你們讓我變成現在這個模樣！爲了殺掉你們，這十年來我不斷偷取傭人的影子，一步步建造出足以在太陽下活動的人偶……終於，讓我等到這一天了……」

「所以，」少女揮動細白的手指，狂亂地笑了起來，「去死吧，心怡姊姊！」

停在半空中的荊棘狀黑影又開始有了動作，它們微微搖晃了下，急速朝著葉心恬身體刺下！

白洋裝的小女孩高聲大笑，濃黑的眸子掩不住狂喜地注視著這一切。

被黑影纏繞住的葉心恬就像完全失去意識一般，渾然不覺迅猛逼近的危險。

少女的眼神滿是狂氣，小女孩的笑聲尖銳如刀，卻掩飾不了充盈室內的高亢愉悅。

誰也沒注意到，被昏黃光線所照射的牆壁，突然起了細微的變化。

牆面上就像是有水波盪漾，映在上頭的影子微微地晃動，讓人聯想到被投入石子的水面。

尖端即將刺進皮膚之際，葉心恬映在牆上的影子忽然輕輕晃動起來，有什麼正在逐漸延展、拉長。

然後，葉心恬影子後方猛地拉出了一道長長黑影，那快速而猛烈的姿態，就像是蝴蝶破蛹而出。

那一條長長的黑影形狀，竟像是某種動物的尾巴！

它高高豎起，如同箭矢射出，凶狠地刺進少女映在牆上的混沌狀黑影。

所有的一切都在無聲中進行，就像是在觀看一齣早期的黑白電影。

小女孩的高亢笑聲戛然而止。

下一秒，響起的淒厲慘叫卻打破了死寂，無聲的世界瞬間回歸到現實。

少女痛苦地發出悲鳴，如同要割裂耳膜的慘叫聲讓人聽了渾身發寒。小女孩鬆開懷裡的兔子玩偶，蒼白的小臉滿是驚恐，但恐懼的神色只在臉上停了數秒，小小的身子就像崩解的沙雕一般，嘩啦化成黑沙、墜了一地。

小女孩消失之後，少女尖叫得更淒厲了，她蜷縮著身子，跌坐在地板上，原先豎在半空中的荊棘狀黑影瞬間消逝無蹤，就連纏繞住葉心恬身體的黑影也失去了蹤影。

但是，本應失去意識的葉心恬卻依舊站立著，渙散的眸子重新凝聚起來，然而裡頭卻透出了詭異的螢綠光芒。

「感謝妳，妳提前喚醒了我……」

低了幾個音階的嗓音從葉心恬嘴裡滑出，她彎起唇，居高臨下地注視著少女。

倒映在牆上的纖長影子，此時有著一條狐尾似的黑影正悠悠地晃動。

「不、不可能……」少女驚恐地瞪大眼，發出斷斷續續的嘶氣聲。看著牆上搖曳的尾狀黑影，她終於想起了她的姊姊最初被關起來的原因。

因爲那個象徵守護神轉世的勾玉狀印記。

所以，那不是迷信？而是眞實？膚色蒼白如雪的少女還來不及吐出疑問，牆上搖晃的狐尾狀黑影再次豎起。

葉心恬的眼神冷漠如高高在上的神祇。

然後，黑影毫不留情地貫穿少女的身體——

當葉瑞推開石梯盡頭的木門時，看見的就是少女被狐尾狀黑影甩到地上的畫面。

他的出現讓雙方都將視線投到他的身上，一人眼神平靜，一人卻是憎恨欲狂。

儘管四肢都在不斷崩解，化作一粒粒黑沙，但是少女仍拚命抬起頭，嘶聲質問。

「爲什麼……爲什麼你選擇了心怡姊姊？爲什麼你要欺騙我？你說啊！哥哥！」

葉瑞將衣領往下拉，露出鎖骨處的勾玉狀印記。

少女瞳孔驟縮，不敢置信地倒抽一口氣，只覺得眼前的現實荒謬又可怕。

「你……你們都是……」她駭然地看著葉心恬與葉瑞，發現他們倆的神色同樣不帶溫度、不帶情緒。

「是，我們都是。」葉瑞居高臨下地看著她，語氣平淡，「妳該感到榮幸的，葉家子孫，妳見證了我們的甦醒。」

這是少女在消逝前聽到的最後一句話。

尾聲

葉心恬覺得自己好像作了一個夢，但夢的內容是什麼，卻模模糊糊的，彷彿被一層霧氣籠罩著。

她難受地呻吟一聲，緩緩張開了眼睛，卻發現自己躺在客廳的沙發上，頭頂的黑鐵製吊燈正亮著絢爛光芒。

葉心恬反射性舉起手擋住光線，不舒服地眨了眨眼睛，避免燈光直射。直到神智終於完全清醒，才注意到客廳裡人來人往的，數十名傭人正提著掃除用具清理著地板，不時製造出吵雜的聲音。

「吵死了。」葉心恬皺著眉從沙發上坐起，不悅地咕噥著。她的聲音雖然輕，卻讓附近的女傭聽到了。

只見一頭短鬈髮的女傭慌慌張張地朝另一邊喊著惠蘭姨，然後又轉過頭，對著葉心恬露出不知所措的表情。

葉心恬按著額頭，轉動脖子看了四周一圈，一看之下，頓時瞪圓了眸子，明媚的臉孔瞬間刷上一層慘白。

滿地的花瓶碎片，被砸爛的壁畫、古董，原本奢華低調的客廳此刻只能用一片狼藉來形容。

「我的天，這是怎麼回事？」葉心恬腦袋一暈，險些又倒回沙發上。阻止她這麼做的原因，是她眼角恰好瞥到了從另一邊快步走來的鞏惠蘭。

「小姐。」鞏惠蘭走到她身前，低頭行了一禮，嗓音依舊溫婉，但衣服和頭髮卻不似以往整齊，甚至有些淩亂。

「惠蘭姨，妳……還好吧？」葉心恬遲疑地問道。在鞏惠蘭抬起頭的時候，她覷見了對方脖子上有一圈淺淺的痕跡。

「我沒什麼大礙。」鞏惠蘭露出和藹的笑，伸手微微拉高衣領，遮住了脖子上的勒痕，「不用那麼麻煩了。」葉心恬噘著嘴，擺了擺手，「可能是作夢的關係，頭還有點暈。對了，其他人呢？究竟發生了什麼事？」

「小姐您覺得身體如何，要我叫醫生嗎？」

聽見葉心恬的詢問，鞏惠蘭不禁微微苦笑起來，「其實我也不清楚發生了什麼事。我只記得，曉梅約我在溫室裡碰面，不斷詢問心怡小姐的事。明明心怡小姐已過世十年了，也不知道是誰告訴她這件事的……」

葉心恬眼皮一跳，想起家裡的長輩爲了掩蓋「葉心怡」死亡一事，對外說她是偷偷跑到石室裡去玩，結果不小心將自己反鎖在裡面，被人發現時已回天乏術。

但這抹異樣的情緒很就就被她隱藏起來，她若無其事地繼續聽著鞏惠蘭說明狀況。

「我跟曉梅在溫室裡發生了爭執，被那孩子失手推到地上撞昏了。等我醒來之後，卻找不到曉梅，只在地下室發現小姐和您的朋友們。」

「這樣啊。」葉心恬輕點了點頭，手指不自覺地碰向嘴唇。

「春秋少爺他們現在都在二樓的房間裡，大少爺也在。」鞏惠蘭柔聲說道。

「我知道了，我這就上樓去找他們。」從沙發上站起身子，葉心恬避過地毯上的碎片，輕巧地走向樓梯。

當她即將要踏上二樓樓梯口時，站在客廳裡的鞏惠蘭像是想到什麼，不經意地開口，「小姐，您還記得在地下室發生了什麼事嗎？」

「不記得了。」葉心恬蹙起細緻的眉毛，有些傷腦筋地說道。

誰也沒有發現到，葉心恬映在牆上的影子後方，彷彿有條狐尾狀的黑影在輕輕搖晃……

容姿明媚的少女撫著垂在肩前的長鬈髮，濃密的睫毛垂下遮掩住一池碧色，空曠的二樓走廊上，她的輕喃就像要融於空氣中。

守護神有三條尾巴，

一條殺了鄭師婆。

一條變爲大少爺。

一條變爲大小姐。

你猜我躲的遊戲結束了，繁榮多年的葉家，終會迎來衰敗……

〈踩影子〉完

番外 夏春秋的任務時間

世界上有件事，叫作關小黑屋。

廣義解釋，就是將人囚禁、監禁在某個地方，剝奪人身自由，不讓人外出一步。

狹義來講，例如從夏舒雁從事的寫作職業來說的話……

嗯，就是關著拖稿的作者，讓她閉關寫稿。

夏舒雁目前面臨的，就是關小黑屋的狀況。

這名女性作家的專欄拖稿記錄終於來到了天怒人怨的地步，讓負責她的責任編輯一怒之下，以最快速度向總編取得了同意，再快狠準地將夏舒雁從家裡綁到了公司，扔到空置的三樓小房間。

關門，趕稿！

在移送囚犯的過程中，夏舒雁的責編將無視技能開到最強，忽略對方一路上的鬼哭神號，例如「我上有大哥，下有可愛的小姪子、小姪女，葉子啊，妳不能這麼狠心地對我！」，和身強體壯、特地前來協助的美編，一塊把人丟進了小房間裡。

關上門之前，總被人暱稱爲「葉子」的年輕女性不忘探進頭，那張帶點稚氣的臉蛋上露出再親切不過的笑容，只不過說出的話和「親切溫柔」沾不上邊就是了。

「放心好了，雁子，我上有徵得妳大哥的同意，下有詢問過妳可愛小姪子的意見。春秋人又乖，三觀也正，他很認眞地告訴我，大人就是要好好工作，這樣才能替小蘿做個好榜樣呢。」

還沒等夏舒雁驚慌失措地衝上前，追問自己的編輯究竟是什麼時候買通自己的家人，小房間的門板已冷酷無情地關上了。

順便「咔嚓」一聲，從外頭上了鎖。

夏舒雁露出一臉了無生趣的表情，拖著沉重的腳步，百般抗拒，但最後仍不得不屈服地坐在椅子上。

嚴格說起來，這是一間舒適的小黑屋，附帶廁所，桌子還對著窗，窗邊栽種一片綠意盎然的植物。桌上除了擺著一台高效能的筆電，還有一大壺檸檬水。

扣掉暫時沒有人身自由這點，編輯簡直是太貼心了。

夏舒雁含著淚水，一邊想著她的好大哥和好姪子居然雙雙把她賣了，一邊把雙手放在鍵盤上，有如發洩心情似地啪啪啪在上面使勁敲打，幾乎不停歇的聲響好似形成了一首悲慟的交響曲。

其實出版社也沒有眞的要將夏舒雁關到天荒地老的意思，只要她今天能完成他們所規定的進度，就會開門放人。

當然，明天還是要乖乖來報到，不然身強體壯的美編會再次出場。

或許眞的是有逼迫才有進度，原本一直卡得要死要活的瓶頸，在小黑屋裡竟然順利破解了。當夏舒雁發現自己不知不覺已完成一半進度時，頓時激動萬分，忍不住都想傳LINE到「乾一杯」群組裡炫耀一下了。

不過這念頭剛成形，擱在筆電旁的手機冷不防先傳出鈴響。

夏舒雁嚇了一跳，手忙腳亂地接起手機，「喂喂？阿藍妳怎麼那麼厲害？妳是知道我要找妳們嗎？」

「……啊？」手機另一端的藍姊沉默了好一會，才發出宛若質疑好友智商的單音節。

「哎唷，就是我本來想發群組訊息給妳們的。」夏舒雁顯然沒聽出藍姊聲音裡的眞正含意，喜孜孜地炫耀著，「我拖了一禮拜都寫不出來的進度，今天不到三小時就完成一半了耶，我很強吧！」

「雜誌專欄那個？」

「對啊、對啊。」

「……雁子，妳不會是喝高了，產生自己快完稿的錯覺吧？」藍姊懷疑地說。

「才不是咧！」夏舒雁反駁道：「我今天都還沒喝酒，我現在人在出版社這邊啦。葉子把我……呃，提供我一個舒適良好，還能提升靈感的寫作環境！」

藍姊當然知道葉子是誰，她一直懷疑對方前世是不是滅了夏舒雁滿門，今世才那麼苦兮兮地成爲夏舒雁的編輯。

「簡單來說，妳終於被出版社關小黑屋了？」藍姊一針見血地說，「既然妳忙著，那我就直接和堇姨過去好了，熱鬧妳這次就湊不上了。」

「什麼？等等等等一下！」聽到有熱鬧可以湊，夏舒雁忙不迭地拔高音量，就怕藍姊眞的下一秒切斷了通訊，「阿藍，做人不能這樣，吊了人家胃口又不解釋，這種差勁的行爲就和……」

「就和妳答應了編輯要交稿，結果放人鳥一樣嗎？」藍姊涼涼地嗓音傳了過來。

「咳！咳咳！」夏舒雁登時一陣嗆咳，其實她本來想說和渣男射後不理一樣，但顯然藍姊舉的例子更有殺傷力，「我這……我這不就是在努力還債了嗎？到底是有什麼熱鬧，先說給我聽聽嘛。」

「妳還記得秦牧嗎？」藍姊也不賣關子了，乾脆俐落地切入話題。

「當然記得啊，就是想追堇姨的我哥的下屬嘛。」夏舒雁對那位秦先生可說是印象深刻，也相當看好他，認爲他未來有極大可能讓難攻的堇姨陷落，「我們不是還彼此互加了

LINE？」

——為了探聽更多秦先生與堇小姐的八卦！

這句話，不論是夏舒雁或藍姊，都心照不宣地沒說出來。

「我長話短說。」藍姊的信條就是不拖泥帶水，「秦牧打電話給我，問我能不能幫忙詢問堇姨，請她從她的專業角度幫個忙。好了，小雁子，允許妳發問。」

夏舒雁配合地「喳」了一聲，才繼續問道：「專業角度？所以是跟阿飄有關的事囉？秦牧撞鬼了？遇鬼了？被鬼壓床了？還是誤撿到冥婚紅包？」

「妳當所有人都像妳一樣嗎？」藍姊不客氣地嘲諷，「還是說妳對妳的前未婚妻念念不忘？身為妳的朋友，大不了我就再麻煩堇姨……」

「別啊！千萬別麻煩！」夏舒雁慘叫一聲，「我有車有房還有孩子，一點也不需要一位阿飄未婚妻了！」

「那是妳大哥的孩子。」遠在另一端的藍姊翻了白眼。

「反正都是姓夏嘛。」夏舒雁一點也不在意，爽朗地說，「阿藍，所以妳聯絡堇姨了嗎？」

「聯絡了，堇姨有點興趣，但是還沒和秦牧約好時間。如何，被關小黑屋的夏大作家要來嗎？」

「要要要，怎麼可能不要？等我……」夏舒雁看了看自己筆電上的進度，再看看時間，「等我半小時，我會搞定編輯的！」

……不是搞定稿子嗎？藍姊忍耐著吐槽的欲望，「行，那我聯絡好再發地點給妳，還是說要我們過去接妳？」

「拜託妳們了！」夏舒雁毫不猶豫地選擇後者。她可是被編輯和美編強制綁架來的，心愛的機車還好好地放在家裡，沒有交通工具實在太不方便。

「那就半小時後見，沒搞定的話就放妳自生自滅了。」藍姊說完就想掛上電話，但夏舒雁急吼吼的喊聲阻止了她。

「再等一下啊！阿藍，我還有一個問題，妳不替我解答，我會心癢難耐，導致喝酒量大增的！」

「那就快問，就妳問題多。」

「嘿嘿嘿……阿藍妳果然是大好人！我是好奇，爲什麼秦牧是先打給妳，而不是找上堇姨？照理說，直接和堇姨聯繫，才能替自己製造更多機會，不是嗎？」

這問題藍姊自己也想過，也乾脆地問了秦牧。

「秦牧說，他不想給堇姨太唐突的印象，畢竟他是有事想請堇姨幫忙。至於爲什麼是找上我……則是因爲如果找上妳，他怕被上司，也就是妳哥，誤會他對妳還是有點意思。」

聽完這番解釋，夏舒雁不由得在心裡對秦牧先生點了一個大大的讚。

不愧是她看好的堇姨的未來老公人選！

和秦牧約見面的地點是市區的一家咖啡店。

正好就是當初相親事件的那家。

燈光美、氣氛佳、裝潢典雅、咖啡香氣迷人，和夏舒雁她們初次來時幾乎沒什麼改變，除了店內意外地冷清，以及服務生人數減少之外。

一推開玻璃門，堇姨的眉梢就微微挑了起來，目光也若有所思地掃向天花板，隨即便又垂下。

走在前頭的夏舒雁和藍姊全然沒發現這小小的不同。

笑容可掬，但神情不知爲何有點憔悴的女服務生迎上前來，待藍姊報出秦牧的名字，對方顯然事先已收到交代，馬上領著三人往店內深處走。

由於見面目標身形高大，存在感高得驚人，夏舒雁她們很快就瞧見了坐在角落、背對著她們的秦牧。

秦牧對面還坐著另一名男性，滿臉憂心忡忡，還掛著幾分和女服務生相似的憔悴，就像正爲著什麼事所苦一樣。

留意到夏舒雁等人的接近，坐在秦牧對面的男性張大了眼，流露幾分激動。

這個變化自然被秦牧注意到，他連忙回過頭。一望見三名女性，那張給人陽剛強悍印象的臉孔，迅速露出大大的笑容。

「堇、堇小姐！」明明堇姨走在最後頭，秦牧還是第一眼就捕捉到那抹身影。他急著站起身，想好好向對方打招呼，一時卻忘了自己的身形，縮在桌子底下的大長腿頓地重重撞上桌緣，發出響亮的一聲，擺在桌上的水杯更是被這一震而翻倒。

幸好杯裡的水不多，只濺濕桌巾一小部分。

但光是這樣，就足以讓秦牧漲紅一張俊顏，手足無措地像是巴不得能再重新蜷縮起來，不要被自己的心上人看見這窘困的一幕。

坐在對面的男人似乎是第一次目睹秦牧失了鎮靜的模樣，他張大嘴，吃驚地望著秦牧好幾秒，旋即又猛地憶起夏舒雁等人還站在一旁。

「小薇，妳先幫我倒三杯水來。」男人趕緊也站起身，先向女服務生吩咐道，隨即無視人高馬大、卻自以爲能像隻黃金鼠縮起來的朋友，朝三名女性露出了殷勤的笑容，「不好意思，還麻煩妳們特地過來。請坐、請坐，敝姓劉，劉意，直接喊我劉意就可以了。我是阿牧的朋友，也是這家店的老闆。」

「劉意，我向你介紹一下。」不待夏舒雁她們開口，秦牧立刻攬下介紹的工作，「從左到右是堇小姐、夏小姐還有藍小姐。」

「你好、你好。」夏舒雁一向了解兩名朋友的性子，直接由她充當代表，朝劉意展示友好的態度。

雖說藍姊和堇姨的冷淡讓劉意的神經跟著緊繃起來，但夏舒雁爽俐的微笑立即化解了他幾分侷促。他鬆口氣，卻也沒有迫不及待地切入正題，而是先請夏舒雁她們點餐，由他做東招待。

飲料很快就送上來了，用吸管慢條斯理地攪拌杯裡的冰塊，堇姨抬起眼，清冷的目光瞥向劉意，後者頓覺全身籠罩在一股難以言喻的壓力中。

劉意反射性挺直背脊，大氣也不敢吭一聲。不知道為什麼，即使面前盤著髮髻的女子看似只大他幾歲，可他就是覺得對方散發出懾人的威嚴。

就像是小孩子面對大人時的緊張。

「你的這間店……」堇姨慢悠悠地說道，句子未盡，先被另一邊響起的物品破碎聲和驚呼聲打斷。

「呀啊！」斜前方一桌客人慌亂地站了起來，地板上是碎成好幾片的咖啡杯，深色液體還噴濺上其中一名年輕女孩的裙襬。

立刻便有服務生上前處理。

原本該只是一場意外造成的小小騷動，然而裙子濺上咖啡的女孩卻是臉蛋蒼白地抓著友人的手臂。她音量不大，但也足以讓靠近她們的夏舒雁等人聽見對話內容。

「是杯子……是杯子自己移動掉下去的……」女孩的聲音微微發顫。

「怎麼可能？大概是妳不小心碰到的吧？」女孩的朋友沒有當一回事。

「眞的！我剛眞的有看到！我不要再待在這裡了……我我我，我要先走了！」

「咦？等一下……喂，等等我啊！」

很快地，兩名女孩子便一前一後地離開了店內，桌旁只剩清理狼藉的服務生。而從夏舒雁她們的角度，可以清楚看見那名叫小薇的服務生強忍著惶惶，卻掩飾不了發白的面色。

「這間店有其他的鬼啊！」一道清脆的童音冷不防大聲說，「我看到了一個男鬼，還宅宅的，一打破別人的杯子，就馬上躲回天花板了！」

熟悉的聲音，似曾相識的場景，夏舒雁和藍姊立即往發聲處望去，果然看見一抹穿著紅衣的嬌小人影。

黑髮白膚的紅衣小女孩就趴在劉意背上，店裡溫暖的鵝黃色燈光反倒將她的肌膚映照得更加蒼白，沒有一絲血色，簡直就像冷冰冰的大理石雕像。

但不論是小女孩的驚人之語，或她理應引人注目的膚色，都沒有引來在場其餘客人和店員的注意力。

包括秦牧和劉意亦是。

「小葵是什麼時候跟來的？」夏舒雁壓低聲音，側頭問著藍姊，「她應該是跟我們一起來的吧？爲啥我在車上完全沒發現？」

藍姊回了一記「我難道就會知道嗎？」的冷漠眼神。

「我趴在車上曬太陽啊。」小葵耳尖地聽見夏舒雁的疑問，馬上笑嘻嘻地回答道。

秦牧和劉意看不見小葵，卻不代表他們沒注意到夏舒雁和藍姊的視線。

「怎麼了嗎？」秦牧倒是沒有多想，單純地發出詢問。

本就懷著心事的劉意則是反射性扭頭向後一看，後方空無一人，卻讓他的心臟驚慌地怦怦跳，尤其他感覺到雙肩似乎突然變得僵硬沉重，更是令他差點綳不住表面上的平靜，幾乎要跳了起來。

「難難難難道說……」劉意聲音抖得比剛剛那位像是被嚇跑的年輕女孩還要厲害，「妳們看到了？就就是這陣子，一直在我店裡搗亂的那個男阿飄……我覺得我的肩膀好像變重了，他、他現在是不是在我的……」

劉意語氣虛弱，身體僵硬，雙眼完全不敢亂瞄，就怕冷不防撞見超乎他想像的駭人場景。

夏舒雁和藍姊實在不好意思告訴對方，造成他雙肩沉重的其實是另一位飄飄。

大名是「小葵」的紅衣小女孩。

附註，堇姨養的小鬼之一。

至於他說的什麼男阿飄，她們倆還真沒見到。

不好戳破眞相，夏舒雁和藍姊只好沉默地望向堇姨。

秦牧也下意識盯著堇姨，不過他的眼神是發直的，就像是怎麼也看不夠似的。

「哇啊，好浪漫，好像偶像劇喔！」小葵終於不再掛在劉意身上，她的兩隻小手此時用來捧住臉，陶醉地望著秦牧和堇姨，「深情凝視耶！」

「偶像劇有年紀那麼大的女主角嗎？」夏舒雁和藍姊咬著耳朵。

「妳不知道現在流行熟女嗎？」藍姊面不改色地說，「既然姊弟戀也挺盛行的，哪時候流行姨弟戀也不是不可能的。」

「阿藍、舒雁。」沒漏聽兩人悄悄話的堇姨勾起嫵媚的笑，這抹笑迷得秦牧更是目不轉睛了。

「妳們倆是覺得單身的日子太寂寞了嗎？沒關係，身爲長輩就要關愛後輩，晚上我會派幾名孩子到妳們那陪伴妳們的。放心，數量也不會太多，一邊五隻就好，宿舍那裡我自然有辦法讓他們進到裡面。」

那邊劉意還在傻傻地想著小孩是用「隻」來算嗎？這邊夏舒雁和藍姊迅速閉上嘴巴，裝作什麼事也沒發生地喝著自己的飲料。

開玩笑，誰想要半夜被鬼壓床啊！還是五隻鬼，這是要把人壓成一張餅嗎？

「你的這間店，有著不屬於人的存在，對嗎。」堇姨將遲遲沒下文的句子補了完整，用的雖是疑問句，但從頭到尾都透著不容置疑的肯定語氣，「性別男，戴著眼鏡，看起來二十出頭的小鬼。」

「對對對！」每聽堇姨說出一個特徵，劉意的表情就越來越繃不住。聽到後面，他幾乎控制不住滿腔的激動，想探出身子，緊緊抓握住堇姨的手，宛如溺水者終於見到能攀抓的浮木，「我的天……堇小姐妳也看到了？所以那果然不是我的幻覺？」

「我不是早就告訴過你，堇小姐很厲害的。」秦牧的視線瞬間戳刺向劉意的那雙手，聲音低了八度，有股不怒而威的氣勢，搭配上他高壯的體型，輕易讓人心生怯意。

饒是和秦牧認識多年的劉意也不禁一抖，飛快縮回手，恢復直挺的坐姿，否則他怕那凌厲的目光能在他的手腕上刨出一個洞。

「那個……我這是第一次親眼見識到，秦牧你也不能怪我會那麼吃驚嘛……」劉意訕訕地笑著，暗中和秦牧拉開了一點距離。

之前就有點懷疑，現在劉意可是能百分之兩百肯定了。

他的這個朋友，對那位堇小姐有意思。

原來秦牧喜歡年紀大一點的啊，怪不得他店內的女服務生都像是把媚眼拋給了瞎子……

即使內心有股想要八卦的欲望，但劉意沒忘記這次最緊要的問題是什麼。

他的咖啡店，鬧鬼了。

一開始，劉意眞以爲是自己的錯覺，是他工作太疲累，才會老是不小心把桌上的咖啡杯或是其他東西撞到地板上。

然而當店裡員工有天臉色發白地跑來告訴他，瞧見了杯子凌空飛起，還拉著他一塊目睹的時候，他才慢了半拍地意識到——

眞的不對勁。

過沒多久，這類靈異現象居然也在客人面前出現，嚇得那些客人當場落荒而逃。

年輕人之間，這類消息向來傳得快，有些人是大著膽子前來一探究竟，但有更多人是被嚇得不願再踏進店內一步。

縱使咖啡店有鬼的消息還沒完全鬧大，但生意已受到不小影響，讓劉意無比苦惱。就怕哪一天自己一開店，推門進入的會是見獵心喜，巴不得讓事態演變得更加聳動的記者。

到時，自己的這家店恐怕就要完蛋了。

劉意不是沒試過和鬼溝通，可得到的只是一連串靈異現象，於是他改從源頭下手，想要弄清會鬧鬼的原因。他很確定自己租下的店面在這之前，沒發生過任何凶殺或是自殺事件，當初房東也信誓旦旦地保證過。

不過，等劉意以強硬的態度再次追問房東後，對方才吞吞吐吐地坦承，一樓的確沒出過事……但二樓曾經有。

那是去年的事了，在二樓租屋的男大學生因爲過勞，而在房裡猝死。

說到後來，房東還狡辯著他確實沒說謊，男大學生的死是意外，和凶殺、自殺都劃不上等號。

偏偏劉意大半心血都砸在這間咖啡店上了，也不可能說退租就退租。於是他打算找個道士或和尚來作法驅鬼，只是還沒等他有所行動，偶然聽見他抱怨的秦牧立刻堅定地向他推薦了人選。

就是董小姐。

秦牧簡直將那位董小姐誇得天上僅有、地上無雙，劉意還是第一次知道對方原來懂得那麼多讚美的詞彙。

眞不曉得以前秦牧國文怎麼會差點不及格。

劉意和秦牧當了好幾年的同學，自然知悉對方的性格。

秦牧做事牢靠，說一是一，說二是二，絕不會空口說白話。他都敢拍胸脯保證了，那麼他推薦的人也不太可能出問題。

與其像個無頭蒼蠅尋找外援，劉意決定還不如相信朋友的介紹，他也不忘表明自己可以配合到底。

如今終於與那位堇小姐正式見了面，劉意總算有若吃了定心丸。

「……總之，大致情況就是這樣。」苦著臉，將來龍去脈交代完一遍，劉意眼巴巴地望著堇姨，彷彿期待對方接下來一出手，就能將困擾他多時的煩惱徹底掃除。

「也就是說，那位男鬼雖然曾現身幾次，可都沒有具體和你進行對話嗎？」夏舒雁好奇地問道。

「沒錯……」劉意垮著肩膀，一想到這陣子經歷過的各種騷動，他就覺得雙肩越發沉重了，像壓著沉甸甸的石頭。

「這還眞是奇怪……」夏舒雁裝作沒看見小葵又趴在劉意的背上，「堇姨，妳不是說過除了八字輕的人能見鬼外，想要見鬼通常就只能等鬼主動現身。既然那位男阿飄肯現身，爲什麼不肯和劉先生溝通啊？」

「我又不是那個鬼，我怎麼知道？」堇姨淡淡說道：「也許他有溝通障礙症吧？」

堇姨話聲剛落，頭頂上的燈光霍地閃滅了一下。

突發的狀況讓其他客人發出訝異的低呼，可燈光轉眼便恢復正常，於是誰也沒有再放在心上，只當是小小的意外。

劉意卻是緊張地東張西望，「堇小姐，是不是……這是不是……」

「是。」堇姨搓了搓手指，忽然感到有點想抽菸，可惜店內禁菸。她冷淡地睨了一眼天花板的位置，在她的視野裡，能看見一張半透明的臉探了出來，一與自己對上視線，便慌張畏縮地退了回去，「看樣子，還挺害羞的。」

「害……害羞!?」劉意目瞪口呆地看著堇姨，似乎難以將「害羞」兩字和鬼聯想在一起。在他的認知裡，鬼不都是嚇人、對人有威脅的嗎？

「沒禮貌！鬼又不是那麼閒，天天吃飽沒事幹，專嚇你們人類啊！」小葵一眼就看出劉意的心思，惱怒地將雙手貼上他的脖子，後者瞬間從頸後竄起寒意，「鬼也很忙的，像我就忙著看電視追劇呢！」

夏舒雁連忙用咳嗽壓制住快衝出的笑意。

「堇小姐，妳確定那個鬼真的是……呃，害羞嗎？」劉意不自覺摸摸發冷的脖子，店裡的空調有開那麼冷嗎？「等等，這麼說起來……我忽然想起一件事……」

「你就不能全部都先說出來嗎？萬一讓堇小姐有了誤判該怎麼辦？」秦牧沉下臉，不高興地說。

「我也是現在才想到……」劉意終於體會了一把什麼叫重色輕友，他有種想對秦牧豎起中指的衝動，但礙於對方戰鬥力太高，他只能默默吞下這份心情，決定把秦牧的名字從請客名單裡剔除。

讓他自己付錢去吧！

「你想到了什麼事？」藍姊面無表情地出聲，陰森森的聲音像是在對劉意的拖沓表達不滿。

「抱、抱歉……」劉意眞以爲自己惹得他人不悅，殊不知那只是藍姊的習慣，「我沒有故意吊人胃口的意思，我是說……那個鬼有好幾次，將我的電腦連到了少女漫畫的網頁。」

「少女？」

「漫畫？」

夏舒雁和藍姊一前一後地說，眼神透出大大的狐疑。

「對，就是少女漫畫。」劉意肯定地說，「漫畫裡的女孩子都是眼睛大得不得了，還閃閃發亮，周圍開很多花……咳，雖然我不認得那是什麼作品，不過我也有大概看了一下，都是在講年輕女孩的戀愛故事。原先我以爲對方是想看這類的漫畫，就特地買了一些回來，不過漫畫連動都沒被動過……」

劉意長長嘆了一口氣，像是不理解男鬼心怎麼會像海底針，如此難捉摸。

「啊哈，我明白了！」夏舒雁倏地一擊掌，自信滿滿地說，「那個鬼才不是想看少女漫畫，他啊，一定是想談戀愛！身爲一個專門寫少男少女人際關係的小說家，你們要相信我的判斷！」

「妳不是專寫恐怖懸疑鬼故事的嗎？」藍姊冷冷地拆台，「什麼少男少女的人際關係，美化過頭了吧？明明就是大逃殺生存戰。」

「那也是人際關係沒錯啊。」夏舒雁一點也不覺得尷尬，還是滿臉得意。

「堇小姐，妳覺得呢？」秦牧關注的人就只有堇姨。

「舒雁這回倒是沒說錯了。」堇姨懶洋洋地以食指敲敲桌面，眼角餘光覷著再次從天花板探出臉、猛力點頭的半透明人影，「那個鬼想戀愛、想搭訕、想約會，只不過做得太失敗了。只要完成他的願望，他就會自動離開，前往他該去的地方。」

戴著眼鏡的男鬼將半截身子都探出來，感動地注視著堇姨。他張張口，想要說些什麼，卻又像太過緊張，一個字也擠不出來，但強烈的思緒電波仍傳遞到同為鬼的小葵腦內了。

「欸？約會對象還要指定喔？」小葵嫌棄地看了一眼鬼齡還沒自己長的男鬼，「性格溫柔、長得清秀，還要一頭黑直的長髮？要求還真多！」

看不見男鬼，但看得見小葵的夏舒雁和藍姊面面相覷，再有志一同地望向堇姨。

「要求確實太多了。」堇姨沒耐心地揮揮手，「我看還是直接收作小鬼吧。」

「不行！」

同時喊出這句話的是小葵和秦牧。

「堇小姐，那個鬼都已經是大學生的年紀了，該獨立自主、自立自強才行，不需要堇小姐妳多加照顧的。」秦牧義正詞嚴地說。

「沒錯沒錯，而且那樣子哪裡符合小鬼啊？外表超齡太多了！」小葵的眼眸覆上大片漆黑，陰冷地瞪著上頭的男鬼，「堇姨，妳不能收，收了會破壞我們小鬼的名聲！」

「不、不好意思……現在到底是什麼情況？」劉意只覺自己像在霧裡看花，這種他懂她懂就自己不懂的感覺太孤單了，活像是受到排擠，「能不能來個人，解釋給我聽一下？」

「用最簡單的方式來說，」堇姨似笑非笑地勾起唇角，「在你這裡出沒的那個鬼，思春了。」

「思、思春!?」

夏春秋險些摔了手裡捧著的茶杯，他震驚地看著語出驚人的夏舒雁，再看看一同來家裡做客的藍姊和堇姨，像是想尋求確認。

「思春？」夏蘿不解地眨眨眼睛，「是想念春天的意思嗎？」

「哈哈，當然不是！我們家小蘿真可愛！」夏舒雁將小姪女抱進懷裡，用下巴蹭著對方軟軟的頭髮，「意思是說……」

「雁子，妳要是敢污染國家幼苗的耳朵，就別怪我不客氣了。」藍姊陰沉沉地說，「具體做法有很多，例如再請堇姨將放在她家的字鬼重新送回給妳。」

「咿！只有這個不行！說什麼都不行！」夏舒雁臉色大變，笑容被驚恐取代，她立刻放開夏蘿，改撲抱向藍姊的腰，「求求妳了，阿藍，看在我們差點當成女女朋友的份上！」

「滾，誰跟妳女女朋友。」藍姊嫌棄地踢開掛在腰間的大型障礙物，「妳欠我的三箱啤酒都還沒給我，還好意思說。」

「哎唷，這不是沒當成，所以才沒給的嗎？」夏舒雁故作天真地眨巴著眼。

「正確來說，不是該求我才對嗎？」堇姨慢吞吞地替菸管裝進菸絲，清冷又嫵媚的眼眸瞥視向夏舒雁。

「對厚！堇姨，求求妳了！」夏舒雁果斷地捨棄藍姊，瞬間將目標轉向堇姨。

「別靠過來，妳擋到我的呼吸空間了，要是過來就送妳一隻鬼。」堇姨抬起菸管，一句話就讓夏舒雁緊急煞車。

「哥哥，思春是什麼？」夏蘿改向夏春秋展現求知的精神。

「就、就是……等小蘿長大以後，才能了解的事情。」夏春秋結結巴巴地解釋，邊向三名大人投以求救的眼神。

「小蘿來。」藍姊朝夏蘿招招手，「讓我抱抱看妳有沒有多長一點肉。」

「夏蘿沒有長肉，有長個子。」夏蘿聽話地靠近，乖乖地坐進藍姊懷裡。她仰高小臉，黑亮的眸子閃爍著嚴肅認眞的光芒，「眞的有長。」

「嗯，小蘿以後一定能長很高的，比妳哥哥還高。」藍姊正經地回應著。

夏春秋撓撓臉頰，苦笑一聲。

「好啦，該回到正題上了。」由於大沙發被藍姊和堇姨一左一右佔據了，夏舒雁乾脆盤腿坐在地上。她晃晃腦袋，一頭長髮被鯊魚夾隨性夾著。

「總之那位劉意先生的咖啡店，因爲有鬼造成了靈異現象，生意變冷清許多。照堇姨的說法，解決辦法就是替那位男鬼找個女朋友，和他約個會，就能讓他立地成佛了。」

「成不成佛不知道。」堇姨將菸嘴放進唇裡，吸了一口再吐出白色的煙圈，「不過的確能讓那鬼離開原地，這是最好的做法。粗暴一點就是動手驅趕了，但一般我不會這麼做，麻煩又會給自己增加太多不必要的因果。」

「用暴力確實是不太好……」夏春秋贊同地點點頭，「可是，要上哪去找人充當那位鬼先生的暫時女友？」

「尤其人家還開出條件，要性格溫柔、長得清秀，還要一頭黑直的長髮。」夏舒雁摸著下巴，苦惱地嘆著氣，「可惜我的頭髮有點自然鬈，也染過幾次。」

「舒雁，麻煩不要若無其事地把自己劃進個性溫柔的範圍裡好嗎？」堇姨斜睨了一眼，「沒有的東西就要老實地承認沒有。」

「咦？可是我覺得『溫柔』這東西，我明明有挺多的啊。」夏舒雁這話說得毫不心虛，很顯然她就是打從心底這麼認為。

堇姨連白眼都懶得翻，她目光一轉，正巧落到藍姊的身上，對方的馬尾頓時觸動她的心思。

「阿藍，妳不就是黑長直嗎？不然妳上場好了。」

藍姊陰森森地咧開一抹笑，「但我個性差，和溫柔一點也沾不上邊。不是說物以類聚嗎？不然我怎麼會跟妳們倆湊在一塊當朋友？」

這意思很明白，就是說她們三個人的個性，都差。

堇姨直接當沒聽見，她把玩著菸桿，像是陷入沉思。

既然答應幫忙，她就會負責到底，只是臨時要找個女孩子來作鬼的約會對象，一般人恐怕會嚇得坐不住——這也是為什麼她沒有要劉意一塊尋找適當人選的原因。

「啊，有了！」夏舒雁驀地靈光一閃，「黑長直、性格溫柔……春秋的一位同學不就很適合嗎？」

「什……」夏春秋一驚，焦急地擺著手，「不行啦，不能找左……」

「就林綾嘛！」夏舒雁笑嘻嘻地說。

「林……」夏春秋愣了愣，似乎沒想到夏舒雁說出的人名和自己想的不同，他不禁鬆了口氣。

「林綾不行。」堇姨卻是乾脆地打槍，「就算她條件都符合，但是，她就是不行，不能找她。」

夏舒雁也只是口頭上提提而已。在這類事情上，堇姨才是專家，專家都發話了，就表示林綾眞的不適合。

「對了，春秋，你剛要說誰啊？」夏舒雁突地想起自己的姪子方才似乎也開口了。

「沒沒沒，小姑姑妳聽錯了！」夏春秋心裡一緊張，慌張地搖頭否認。

「哥哥說左。」夏蘿冷不防說道：「夏蘿有聽見。」

「左……喔，左容啊！」夏舒雁恍然大悟地拍下手，「我差點忘了，左容的確也是黑長直呢，不過左容應該不適合對吧？」

「除非那個鬼想要比他帥氣太多的約會對象。」藍姊冷漠地說，「況且，左容和溫柔兩字也八竿子打不著吧？」

「才不是！」夏春秋想也不想地極力反駁，「左容明明就很……」

一發覺到三名大人的視線都饒富興味地落至自己臉上，夏春秋剩下的話卡在喉頭處，耳朵尖率先漫起鮮艷的紅，並且有往臉上擴染的跡象。

「最溫柔的是哥哥才對。」夏蘿細聲細氣地說。她的本意只是想強調夏春秋在她心中的地位，然而她這話剛脫口，即刻引來夏舒雁她們的注意力。

「溫柔、溫柔……」夏舒雁喃喃自語，眼睛緊緊盯著姪子不放。

「雖然不是黑長直，不過黑髮起碼符合了。」藍姊上下打量著夏春秋，讓後者覺得自己像待宰的羔羊。

「外表清秀也符合了。」堇姨一彈指，「很好，再去弄頂假髮過來，就能直接上陣。」

「上、上……請問是誰要上陣？」夏春秋如臨大敵地向後縮著身子，像隻隨時想要竄起逃跑的小兔子。

「當然是……」夏舒雁先望了堇姨一眼，待對方點頭，她笑容滿面地宣布道：「春秋你啊！就拜託你男扮女裝一下，假裝女孩子了！」

「什、什麼!?」夏春秋發出悲鳴，「不行的，我絕對做不來的啊！」

「哥哥，加油。」夏蘿不太清楚夏春秋將要做什麼，但這不影響她對兄長充滿了期待與信心。

就算夏蘿面無表情地爲自己打氣的模樣非常可愛，可夏春秋此時眞的笑不出來了。

爲什麼這種事情會落到自己頭上啊！

□

輕飄飄的森林系風格衣裙。

過膝長襪。

還有柔軟的平底涼鞋。

最後再加上過肩的烏黑長直髮。

夏春秋看著倒映在玻璃窗上的自己，幾乎要認不出那抹人影是誰了。

從外表來看，那就是一名秀麗溫柔的女孩子——如果臉上的神情不是有如赴死般的痛苦糾結就更好了。

「真不錯啊，春秋。」夏舒雁拍上夏春秋的背，大力讚賞著，「沒想到幫你化上妝後，看起來更像是漂亮的小姑娘了！」

「小姑姑……」被迫扮成女性的夏春秋擠出呻吟，他根本就不會為這種事感到高興好不好？

「別擔心、別擔心，待會店裡就只有我、阿藍、堇姨、劉先生和秦牧在。我只跟劉先生他們說你是我的姪女，你不用擔心會曝光。」夏舒雁安慰道：「而且啊，小姑姑還替你找了個護花使者過來，以免那位男阿飄想要趁機吃你豆腐。」

「護……」夏春秋幾乎噎到，他不敢置信地看向夏舒雁，「小姑姑！妳妳妳……妳到底還找了誰過來？我一點都不想被人看到我這樣子啊！」

「放心，是嘴巴很緊的護花使者。」堇姨的聲音從後方響起，「你也認識的人。」

停完車的堇姨和藍姊也走了過來，兩人不約而同地朝夏春秋露出讚揚的目光。

夏春秋更加緊張了，他無意識地揪扯著衣襬，腦內飛快過濾可能人選。

他認識的、嘴巴也很緊的……該不會是左易吧!?夏春秋剛要驚恐地倒抽一口氣，又驟然想到依左易的個性，壓根懶得來蹚渾水。

思及此，夏春秋大感安心地拍拍胸口。可是很快地，他就知道自己安心得太早。

「啊，來了！」夏舒雁忽地朝對面馬路揮揮手。

夏春秋反射性一望，然後整個人就和煮熟的龍蝦差不多了。

從頭紅到腳。

來的人居然是左容。

綁著俐落馬尾的高個少女穿著白上衣加黑長褲，外邊再搭上一件薄薄的黑色外套，將她整個人襯得越發英氣，賺足了不少路過女性的目光。

等到左容來到夏春秋身旁，他們倆站在一起，不知情的人看來，就是一對小情侶。

「左左左左左……」夏春秋腦袋差不多一片空白了，他低垂著眼，臉上的熱度高得驚人，他都不懷疑自己的頭頂是不是冒煙了。

「春秋穿這樣也很好看。」左容沒有流露出見到同學男扮女裝的驚訝，而是再自然不過地揚起溫和的笑。

夏春秋覺得臉要燒起來了，他抬起頭，但目光仍是尷尬地游移著，「呃，謝謝？」

「不用謝，這是我發自眞心的讚美。」左容說道：「既然我今天負責充當護花使者，那我可以牽你的手嗎？」

「不行。」平淡插話的人是堇姨，「別忘記春秋還有任務。要是讓左容妳牽著手進去店裡，那位男鬼估計很難相信春秋是他的約會對象了。走吧，我們先進去，春秋和舒雁走最後面。」

「小姑姑。」和夏舒雁並肩而行的夏春秋困窘地壓低聲音，「爲什麼會找左容過來？這樣……不是給她增加麻煩嗎？」

「會嗎？我看左容很樂意呀。」夏舒雁不以爲意地說，「而且你的鞋子就是向左容借的，不然怎麼有辦法臨時找到尺寸偏大的女鞋。」

夏春秋完全不曉得還有這事，他以爲自己全身的行頭都是夏舒雁打點來的。

……所以說，原來左容的腳和自己一樣大啊？思緒莫名偏離的夏春秋無來由地感到一陣臉紅心跳。

爲了讓咖啡店男鬼完成願望主動離去，今日咖啡店沒有對外營業。

劉意從接到堇姨的消息後，心情就一直七上八下，深怕自己哪裡準備得不夠完善，成了計畫中的敗筆。

待一見到堇姨等人終於推門進入，劉意幾乎要喜極而泣地迎上前去，然後就被一隻手臂牢牢扣住肩膀，不客氣地把他往後拖。

秦牧越過劉意，對堇姨露出害羞的微笑。

夏春秋還是初次見到秦牧。他懷抱艷羨地看著對方高大魁梧的身形，以及那張充滿男人味的臉孔，再默默低頭看向自己。不知將來有一天，自己能否達到那樣的理想標準……

「小春，你坐靠窗的那一桌吧。」堇姨發話了。

夏春秋第一時間沒意會過來那聲「小春」是喊自己，他愣愣地望著大夥，那模樣就像是不解世事的單純少女。

左容立刻就想走向夏春秋，卻被堇姨扣住手腕。

那力氣明明不大，左容卻怎樣也甩不開。

「妳跟我們坐。」堇姨挑挑眉。

即便其他人是坐在自己看得見的地方，獨自坐一桌的夏春秋還是感到有些無措。他僵著身子，緊張得嘴巴發乾。就在他打算先喝口水潤喉時，本來空無一人的對面沙發上，猝然顯現了一抹半透明的身影。

夏春秋險些將口中的水噴出來，他費了好一番力氣將水嚥下，這才趕緊摀著嘴，漲紅著一張臉，不住咳嗽。

出出出出出現了！

嚴格說起來，坐在對面的男鬼除了身形透明了點，其他便與一般人沒什麼兩樣，這讓夏春秋頓感安心不少。

「你……」夏春秋小小聲地主動開口，「你好。」

戴眼鏡的男鬼沒有回話，他呆呆地盯著夏春秋，半晌後才害羞地說道：「妳……妳好漂亮啊，妳叫什麼名字？」

「我叫……」夏春秋頓了一下，「我叫小春。」

「小春……連名字也好可愛……」男鬼捧著臉頰，癡癡地凝視著夏春秋，彷彿可以看到天荒地老。

夏春秋素來不習慣被人盯著看，緊張感再次浮現，這使得他在接下來的問答中顯得結結巴巴。

「這樣沒問題嗎？」夏舒雁豎耳聽著一人一鬼的對談，小聲問道。

「沒問題，那鬼只會覺得這是靦腆清純的表現。」堇姨瞄了一眼，再投入掃地雷的遊戲中，「不用擔心太多。」

正如堇姨所說，那名男鬼顯然對夏春秋滿意得不得了，大大的笑容怎樣也藏不住。

時間就這麼一分一秒地流逝，聽著那再健全不過的一問一答，縱然是忐忑不安的劉意，也忍不住放鬆了下來，不再全神貫注地緊盯著窗邊座位不放。

就連夏春秋自己也稍微開始走神。

可沒想到就在下一剎那，他聽見男鬼說：

「謝謝妳願意花時間陪伴我……我還是第一次和女孩子這麼愉快地聊天，最後……我可以親妳一下嗎？」

親……親誰？夏春秋茫然地看向男鬼。

「親臉頰就可以了！」將夏春秋的不語當作默認，男鬼滿面通紅，激動地握緊雙手。

反應過來的夏春秋瞪大眼，反射性的拒絕還沒來得及脫出口，另一道冷然的聲音搶先一步落下。

「不行。」

白衣黑褲的俊麗人影伸手擋在夏春秋面前，一雙黑澈眼瞳凌厲地掃向男鬼。

「小春是我的女朋友，我不准有人親他。」

夏春秋被突來的「女朋友」三字砸得頭昏眼花，整個人都懵了。

男鬼先是被左容的宣言震住，緊接著那張臉孔浮上了怒氣，繼而轉變成猙獰。

「我就知道、我就知道……」男鬼粗啞地說，擺放在桌面上的水杯、花瓶同時像被無形力量震動，啪啦啪啦地作響。

「我就知道女孩子果然還是喜歡帥哥，就算是小春這麼清純的女孩子也不例外！原本我還想說小春有男朋友也無所謂，只是可憐我才陪我也好，可是、可是……爲什麼她也像那些俗氣的人一樣，用外表當挑選男朋友的標準！」

隨著男鬼氣急敗壞的一聲怒吼，整間咖啡店的物品全都咔咔響動，數個水杯甚至當場炸裂。

劉意刷白了臉。

「堇姨！」夏舒雁驚喊。

堇姨眼神一厲，只不過她剛站起來，另一邊的左容已經先開口。

「我不是男的，我是女的。」

所有靈騷現象在這瞬間歸爲平靜，杯子不動了，屋內的吊燈不擺晃了，盤子也一一回歸原位。

「你……妳說……」男鬼張口結舌，好像難以相信自己聽見什麼。

左容也不多浪費力氣解釋，直接從皮包掏出自己的證件，上頭的「性別女」清清楚楚地撞進了男鬼眼裡。

男鬼張張嘴巴，看看還呆愣著的夏春秋，再看看氣勢凜冽的左容。下一秒，他的怒氣就像被戳了洞的氣球，轉眼消了下去。

「原來……原來妳也是女孩子啊……」男鬼乾巴巴地說，像是爲著自己先前錯認左容的性別感到尷尬，「沒想到我也是個俗氣的人，居然用外表來判斷妳的性別……咳，那個……妳們兩個女孩子在一起，要被世俗的眼光接受也不容易。其實在我活著的時候，我就是支持同婚的那一派，既然如此……祝妳們幸福，也謝謝小春妳陪我度過這最後的時光。」

語畢，男鬼深深朝夏春秋和左容鞠了一個躬，隨後他的身影越轉越淡，終至徹底消散不見……

「這樣就……結束了？」夏舒雁呆然地望著這一幕。

「不然妳還想怎樣？」堇姨坐回位子，繼續玩著她的掃地雷遊戲，反正那邊的兩個小朋友估計還有話要講。

男鬼的消失讓夏春秋猛地回過神來，他沒想到事情就這麼順利地解決了。

「太……太謝謝妳了，左容。不、不好意思，還讓妳特地冒充我的……我的……」「女朋友」三字卡在舌尖，夏春秋的臉燒得紅艷艷的。

「如果眞覺得不好意思的話，讓我抱一下好嗎？」左容微微一笑。

夏春秋瞬間又僵住了。抱一下什麼的……除了自家親人外，他從來沒和女性有過如此親密的接觸。

左容也不等他的回答，雙臂一伸，就將穿著輕飄飄衣裙的身影攬入了懷中。

夏春秋覺得，頭頂有某種觸感擦過一定是自己的錯覺。

而守在一旁的夏舒雁早就眼明手快地掏出手機，將左容親吻自家姪子髮旋的一幕拍了下來，同時感嘆著——

啊，眞是青春！

〈夏春秋的任務時間〉完

後記

醉琉璃

這次終於進入小葉的回合了，雖然給人一副傲嬌大小姐的模樣，但小葉其實是很怕寂寞也很在乎朋友的，就是嘴巴上不肯承認。如果拿出眞心對待她的話，她將會是朋友最強的後盾與支持。

本集故事裡，曉梅雖然渴望成爲小葉的朋友，但她看見的僅僅是小葉的外在，當小葉表現出的樣子不如她預期，她就覺得自己的理想破滅，最終走上偏激的道路。

因爲曉梅的個性比較複雜，所以在揣摩她的個性時花了滿多工夫，相較之下，同樣是新登場的葉瑞就好寫多了。

至於葉瑞與歐陽之間會不會擦出火花，這個就順其自然了XD

有讀者問說，爲什麼春秋明明是主角，但他的戲分卻不多，存在感也比較弱？其實包含春秋在內的七個高中生與小蘿，都是這系列的主角，每一集會以一個角色爲主軸，而春秋則是這些故事的觸發者。

他是這系列的開頭，也是這系列的結尾，相信看到最後一集的時候，就會知道這句話代表什麼意思了。

下一回將是左容、左易的故事，身手矯健並擁有野獸般直覺的他們，究竟是什麼身分呢？只要將《春秋5》帶回家，你就可以獲得答案了。

說到左易，就不得不提這次的拉頁，收到時我眼前一片空白，實在太閃了，閃得我什麼都看不到，身高差跟年齡差的組合果然是最強凶器啊，不愧是夜風大！

另外要在這邊跟大家說一件事，因爲臉書帳號被封，先前的粉絲團已經無法再登入，只能另開一個新的，還請搜尋「醉琉璃的新基地」，最新消息都會放在那裡的。

照慣例附上感想區的ＱＲ碼，對於這一集有什麼想法，歡迎告訴我喔。

春秋異聞感想專屬QR Code
歡迎大家上來聊聊唷^^

【下集預告】

春秋異聞

左家雙子的父親失蹤了，
唯一線索直指林中一棟廢棄多年的屋子。
兩人決計與父親的學生前往調查，
然而那棟屋子詭異莫名，
就連不該出現在此處的夏家兄妹都被盯上！

武力值超高的兩人該如何找回父親，
並且帶回自己最重要的人？

第五夜．迷走屋

2017年 春，預計登場！

國家圖書館出版品預行編目資料

春秋異聞.卷四,踩影子 / 醉琉璃 著.
——初版. ——台北市：魔豆文化出版：蓋亞文化發行，2017.02
面； 公分.（Fresh；FS129）
ISBN 978-986-93617-9-8（平裝）
857.7 105025331

fresh FS129

春秋異聞 卷四 踩影子

作者 / 醉琉璃
插畫 / 夜風 封面設計 / 克里斯
出版社 / 魔豆文化有限公司
地址◎ 台北市103赤峰街41巷7號1樓
電話◎（02）25585438 傳眞◎（02）25585439
部落格◎ gaeabooks.pixnet.net/blog
臉書◎ www.facebook.com/Gaeabooks
電子信箱◎ gaea@gaeabooks.com.tw
投稿信箱◎ editor@gaeabooks.com.tw
郵撥帳號◎ 19769541 戶名：蓋亞文化有限公司
發行 / 蓋亞文化有限公司
法律顧問 / 宇達經貿法律事務所
總經銷 / 聯合發行股份有限公司
地址◎ 新北市新店區寶橋路二三五巷六弄六號二樓
電話◎（02）29178022 傳眞◎（02）29156275
港澳地區 / 一代匯集
地址◎ 九龍旺角塘尾道64號龍駒企業大廈10樓B&D室
電話◎（852）2783-8102 傳眞◎（852）2396-0050
初版一刷 / 2017年2月
定價 / 新台幣 220 元
Printed in Taiwan

ISBN / 978-986-93617-9-8

FS129

春秋異聞

卷四 踩影子

魔豆文化　讀者迴響

感謝您在茫茫書海中選擇了魔豆，您的支持是我們最大的動力。
不要缺席喔，讓我們一起乘著夢想的羽翼，穿越時空遨遊天地！

姓名：　　　　　性別：□男□女　　出生日期：　年　月　日
聯絡電話：　　　　　手機：
學歷：□小學□國中□高中□大學□研究所　　職業：
E-mail：　　　　　（請正確填寫）
通訊地址：□□□
本書購自：　　　縣市　　　　書店
何處得知本書消息：□逛書店□親友推薦□DM廣告□網路□雜誌報導
是否購買過魔豆其他書籍：□是，書名：　　　　□否，首次購買
購買本書的動機是：□封面很吸引人□書名取得很讚□喜歡作者□價格便宜□其他
是否參加過魔豆所舉辦的活動： □有，參加過　　場　　□無，因爲
喜歡出版社製作什麼樣的贈品： □書卡□文具用品□衣服□作者簽名□海報□無所謂□其他：
您對本書的意見： ◎內容／□滿意□尚可□待改進　　◎編輯／□滿意□尚可□待改進 ◎封面設計／□滿意□尚可□待改進　◎定價／□滿意□尚可□待改進
推薦好友，讓他們一起分享出版訊息，享有購書優惠 1.姓名：　　　e-mail： 2.姓名：　　　e-mail：
其他建議：

◎請沿虛線剪開、對摺、裝訂後寄出

◎請沿虛線剪開、對摺、裝訂後寄出

廣告回信　郵資免付
台北郵局登記證
台北廣字第675號

魔豆文化有限公司　收

103 台北市赤峰街41巷7號1樓

魔豆

魔豆